LE TRIPODE

Littératures ■ Arts ■ Ovnis

Illustration de couverture : *Discomedusae*
(*in Kunstformen der Natur*, Ernst Haeckel, 1904)

Illustrations des rabats de la couverture :
Hippocampe filamenteux et syngnathe aiguille
(*in Dictionnaire des Sciences Naturelles*,
Antoine-Laurent de Jussieu, 1816-1830)

Sigolène Vinson

LA PALOURDE

LE TRIPODE

Aux peuples de l'étang

Tout a commencé par la mort des palourdes, mais en suis-je vraiment certaine ?

Pendant plusieurs jours, la température avait avoisiné les quarante degrés, sans baisser dans la nuit. À quelques kilomètres du village, la centrale hydroélectrique avait turbiné comme jamais, déversant dans la lagune des quantités d'eau douce canalisée depuis la grosse rivière. Une anguille avait succombé la première, retrouvée décomposée sur le sable, et ce n'était pas dans l'ordre des choses, si tout devait commencer par la mort des palourdes. Une nuit, enfin, un coquillage s'était ouvert. Dans mon sommeil, je l'avais senti qui expirait.

1.

Ainsi, une palourde périssait et l'odeur de son pourrissement m'avait réveillée. Suffoquant, j'ai passé une main sur ma nuque en sueur, porté mes doigts à mes lèvres. Mes humeurs étaient salées, la mer se dilatait dans mon sang. Pleine de la grosse rivière, la lagune aussi réclamait sa part de sel. Sans ça, tout en elle allait crever. Même les anguilles, que la salinité du large n'attire que pour frayer, mourraient de l'anormale douceur benthique. (Mon héritage animal me dote d'aptitudes comportementales particulières. Il suffit que je retrousse mon nez et élargisse mes narines pour pister la bête blessée, même si elle ne sera jamais aussi malade que nous, qui ces derniers millénaires avons gagné en vitesse mais tant perdu en endurance.)

Un coquillage s'éteignait. Solitaire dans mon lit, je pensais à leur nombre. Une palourde vaut bien la suivante, une seule d'entre elles rivalise avec cent autres. Et même leur destruction massive ne serait qu'une énième prouesse de l'humanité, un nouveau numéro burlesque dont il faudrait finir par tirer une leçon de vie.

Ma maison en pierre occupe une cavité littorale que prolonge une chapelle désacralisée, jadis dédiée à saint Pierre, patron des pêcheurs. Les anciennes niches votives qui en percent les murs pourraient constituer l'habitat idéal des mollusques bivalves si le niveau de l'étang venait à monter. Le petit port de pêche qui constitue mon milieu naturel est coupé du reste du monde par une falaise d'ocre, mais les êtres humains y opèrent d'une manière identique à partout ailleurs : ils tentent d'exister coûte que coûte. Et bientôt, nous serons soumis à la question, de quel bois mort sommes-nous faits ? Rejetés sur les rives de l'étang, flottés et délavés, nous lirons l'insolence dans l'œil de l'anguille qui agonise : « Vous voilà à payer vos arriérés de loyer sur la terre. » Mais aussi un semblant de compassion : « Pauvres cloches. »

Avant de périr, je me souviendrai que durant toute mon existence, j'ai couru après des rêves inoffensifs, placide comme une palourde qui ne réclame rien d'autre qu'un peu de vase où s'enfouir.

2.

Le matin imprégnait doucement la nuit, je réfléchissais de plus belle. La lagune était privée d'oxygène, et moi, par la loi biologique qui nous gouverne tous, je restais condamnée à entretenir la circulation d'un air incendié dans mes poumons.

Je relisais mes carnets de notes pour y trouver un peu de souffle.

Quand François m'autorise à l'accompagner à la pêche, il me délivre toujours le même enseignement : « Ma fille, du milieu de l'étang, je constate que le mouvement des vivants est un courant très ancien, et surtout très strict sur un chapitre : tous ses membres doivent respirer. S'ils se retiennent, ils sont aussitôt excommuniés. »

Abstraction faite de notre appartenance au genre humain, François et moi n'avons aucun lien de parenté. Je l'avais rencontré lors de mon installation dans le village, au détour d'une rue où je m'étais égarée. Parce que je lui avais demandé mon chemin en souriant, il s'était institué mon guide :
— Si vous le voulez bien, je vous instruirai des choses et des êtres du coin.
J'avais accepté.

— Sachez d'abord que, sur le port, toutes les rues sont parallèles. Excepté les deux voies principales, qui sont perpendiculaires aux secondaires, mais évidemment parallèles entre elles. Vous me suivez ?
J'avais jeté un coup d'œil aux maisons, indistinctes les unes des autres, abritant les mêmes vies de pêcheur, les murs auréolés de salpêtre, les racleurs de boue boulonnés au seuil des portes.
— Croyez-moi, vous ne serez plus jamais perdue.
François avait-il perçu quelque chose en moi qui relevait de l'exil ?

La nuit n'allait plus tarder à se changer en aube, la chaleur redoublait d'intensité, laissant libre cours au coquillage moribond : ça puait. J'avais ouvert la fenêtre de ma chambre afin de créer un courant d'air. À la surface de l'étang, rien ne bougeait. Dans les profondeurs, la situation devait être pire. Fallait-il se ronger les sangs ? Un temps précieux avait été perdu à ne pas rebrousser chemin, à refuser de croire que d'ici demain nous n'habiterions plus à l'adresse indiquée. Le poisson volant avait battu de l'aile, nous avions tous remarqué son décrochage, mais par ferveur maladive, à la limite morbide, nous avions décidé que notre bonne étoile brillait encore. Chaque année, le record de jours d'ensoleillement est battu.

À la nuit finissante, sous l'effet du coup de chaud, je me suis adressée aux palourdes : «Vous aviez des rêves paisibles et nous avons réussi à vous en priver.» Voulant réparer le préjudice qui leur était causé, je me suis engagée : «Je vous fais don des liquides de mon ventre, peut-être ne sont-ils pas si éloignés de votre nature profonde.»
Mais en réalité, mes marées intérieures étaient sans amplitude, car je n'avais personne.

C'est bien comme cela que l'on dit, *n'avoir personne* ?

3.

Avant même de le voir, j'ai reconnu le bruit du pantalon ciré qu'il avait enfilé au mépris de la canicule, François sortait sur l'étang. Pour rien ou pour le lever du soleil, dont il aurait fallu exiger la révocation immédiate. Mais qui arrête l'ordre des choses ?
Il m'a aperçue, penchée par-dessus la rambarde, et m'a demandé en souriant :
— Tout a-t-il commencé par la mort des palourdes ou tout s'est-il achevé avec elle ?
Ma réponse lui importait peu, il s'éloignait vers son bateau et ses filets.

— Tu devrais mener l'enquête, a-t-il ajouté sans se retourner.
D'ici quelques heures, il forcerait sur ses bras noueux pour remonter des verveux chargés d'algues vertes, de cténophores, de méduses et de crabes bleus, venus d'Amérique dans les ballasts des cargos.

4.

Sans cesse, François me presse de questions, sous prétexte qu'il m'appelle sa fille, que les réponses, il les détient toutes et qu'il finira bien par me les donner. C'était une veine de l'avoir croisé à mon arrivée, j'aurais pu ne jamais tomber sur personne et alors, je me serais abandonnée à la vie sauvage.
— À la vie sauvage, dans un village ?
Sans ses leçons, j'aurais été levée et couchée avec le soleil.
— Quoi, je suis donneur de leçons, moi ?
Il est illuminé de l'intérieur, sa lumière remonte à des générations de pêcheurs qui ont enduré la violence des grains blancs et la répétition des levants.
— S'empiffrer de matins, ça rassasie. Sûr, ça tranquillise.
Tout chez lui témoigne de son calme, ses cernes, ses rides, jusqu'à la sécheresse de son torse.

— Les vies simples se font au prix d'un corps qui tient. Mais pour combien de temps encore. Sache que tu es moins que rien.

Voilà. J'étais une palourde qui crevait la coquille ouverte et, pour lui, c'était déjà trop.

5.

L'air brûlait, la masse d'eau n'infléchissait pas la tendance. Peut-être avais-je de la fièvre, j'entendais encore la voix de François, des bribes de nos conversations. Dès notre rencontre, nous nous étions vus presque tous les jours, il était avide de me parler de l'étang et moi, curieuse de tout en connaître. Nos solitudes y étaient certainement pour quelque chose. Il était seul depuis plus de douze ans, je l'étais déjà depuis quatre.
Dans le noir, j'ai crié de ma fenêtre : « Où dormirons-nous demain ? »
— Tu veux vraiment le savoir ? Au creux du chagrin...
Était-ce encore François qui parlait ?

J'avais besoin de fraîcheur et convoquais les plus frappantes représentations de janvier, le chaos de l'étang et de ses berges, l'enchevêtrement de l'ivraie terrestre et des mauvaises herbes lagunaires, jusqu'à la vision fantastique d'une nature qui reprendrait ses droits.

Mais battre le rappel des vents n'était pas suffisant, mon front ruisselait encore.

— Allez, ne te tracasse pas, les tempêtes t'emporteront bientôt, même s'il me semble qu'elles ont cessé de souffler, m'avait dit François un jour où le mistral pliait les roseaux du marais.
Je m'étais sentie chez moi dans ce désordre.
— Tes cheveux sont tout emmêlés, ils font des nœuds. Je n'arrive pas à y passer la main.
— Pourquoi voudrais-tu les peigner ?
— Pour qu'ils ne soient plus devant tes yeux et que tu découvres l'étendue des dégâts.
Les éléments favorisaient mes secrets et mes ignorances.
— Ça te fait mal, là, si je tire ?
— Bien sûr que ça me fait mal. Laisse-moi encore deux secondes sans rien voir...
Exposant mon visage aux bourrasques, mes yeux s'étaient fermés de sable à l'intérieur.
— Oh, ma fille, tes paupières sont toutes gonflées !
Œdémateuses, si j'avais attrapé une conjonctivite granuleuse.
— Je te jure, la tramontane et le mistral s'éteignent. C'est le sort des vents gravitationnels, à l'échelle planétaire...

Dis voir, ce que je te raconte là, ce n'est pas interdit aux mineurs, au moins, parce que je ne me souviens plus très bien quel âge tu as ?
François connaît ma date de naissance, il m'offre des ruines de Rome à chacun de mes anniversaires.
— Putain, les courants ont emporté mes filets !

6.

Ma fièvre ne retombait pas.
— T'as l'estomac dans la gorge ou quoi ? Aide-moi à remonter les nasses.
Le bateau de François tanguait et j'avais du mal à me retenir au bastingage. N'était-ce pas une trombe d'eau devant nous ? Comment l'étang pouvait-il ressembler à ce point à la mer, être fâché comme elle, démonté à son exemple.
— Tout simplement parce qu'il en est une...

Je suis retournée à mon oreiller, à mes linges trempés de sueur. Pourquoi m'obstinais-je à dormir sous un drap par cette chaleur ? La libido des palourdes serait-elle pudique ? Il faudrait interroger François, si tant est qu'un père accepte de parler de ces choses-là à sa fille.

— Non, je ne te dirai jamais comment on fait les enfants ! Onze ans seulement nous séparent, notre filiation n'est qu'une vaste blague.
— En revanche, je peux te montrer, si tu veux.
Si nous appartenons à la famille des hominidés, François est légèrement plus prognathe que moi.
— C'est comme ça qu'on fait trembler le monde, en s'envoyant en l'air.

Ce qu'il ne savait pas, c'est que l'amour ne m'intéressait plus. La sexualité encore moins. Je me souvenais des afflux de sang quand quelqu'un m'étreignait. Longtemps, j'avais donné le change à ma nature humaine, répondu à ses mots d'ordre. Mais, subrepticement, je m'étais éloignée des dernières nouvelles, me contentant d'une forme de vie peu évoluée, qui ne cherche pas à se reproduire, tant elle n'est pas grand-chose. Et j'avais fini par mener une existence où le plaisir n'était plus qu'un lointain son de fifre, une formalité dont je me serais dégagée.
— Vieille conne, tu ne sais pas ce qui est bon.
François prétend m'aimer bien plus que l'étang.
— Je suis un sentimental, tu sais.

7.

Je nous pensais bons camarades, François et moi, mais j'ai finalement compris que, ayant atteint l'âge où il est urgent d'aimer pour un dernier tour, il était tombé amoureux de moi.

— Ma fille, ce n'est pas du tout pour ça que je t'aime.

— Pourquoi, sinon ?

— Sans raison aucune.

— Ouais, tu as surtout peur du rendez-vous manqué.

— Qu'est-ce que tu crois, tout le monde en a la trouille...

Peut-être était-ce mon regard qui l'avait induit en erreur, on raconte que j'ai une façon d'ouvrir les yeux qui leur confère une dimension extraordinaire, comme s'ils percevaient au-delà du prosaïque.

François me parlait de l'étang et ma rétine en devenait la surface miroitante et changeante.

— Mais quelle frimeuse, on en reparlera le jour où une grue cendrée s'y reflétera, d'accord ?

Il se méprenait. Je savais, moi, que j'avais absorbé la lagune. Qu'à présent, elle me constituait.

— Est-ce la solitude qui te fait sortir des inepties pareilles ?

Il m'apprenait la roselière et le marais.

— Bientôt, tu en sauras sur eux plus que moi.

Et je m'éprenais des lieux.

— Tu te trompes, c'est moi que tu aimes en retour.

Les mois passaient, et je m'enflammais un peu plus chaque jour.

— Tes yeux me regardent comme je n'ai jamais été regardé. D'amour pour les avocettes, d'amour pour les chevaliers gambettes.

— C'est bien ça, tes yeux ne mentent pas.

Non, ce n'est pas ça. Mes yeux, ils sont juste trop grands dans mon visage.

8.

L'haleine putride du coquillage s'infiltrait par les pores dilatés de ma peau. Pour la tenir à distance, je m'agitais dans tous les sens, attisant mon coup de chaud, ressassant le défi de François : devais-je réellement enquêter sur la mortalité des palourdes ou sur tout ce qui s'ensuivrait ?

Quand je ne me détourne pas des dernières nouvelles, je suis officiellement un genre de journaliste. Et seulement un genre, parce que je continue à ne pas faire ce travail comme il faudrait, je trouve que même écrire sur un chien écrasé, c'est considérer les choses en grand. J'exerçais déjà ce métier avant d'emménager dans le village. Après la grande ville, j'avais trouvé un emploi auprès de la presse locale. Je me déplaçais de kermesse en kermesse, de crèche vivante en crèche vivante.

François a son avis là-dessus :

— C'est de cette débauche de joies collectives que tu as fini par dépérir. Ils auraient dû te confier les accidents de la route. Il y a tant à dire sur la dangerosité de la voie qui surplombe l'étang...

J'avais pris goût à la paresse et retardais le moment de dépaqueter les cartons où étaient rangés mes anciennes revues de presse et mes carnets de notes.

— Je dois me rendre à l'évidence, la lagune est entrée en toi pour y répandre sa mélancolie.

Dans le feu nocturne de ma chambre, la voix de François me parvenait attendrie, quoique railleuse.

— J'ai l'impression que cela fait des millénaires que je vois toujours les mêmes tronches. Ne la ramène pas, ma fille, la tienne aussi, je l'ai déjà trop croisée. Mais que veux-tu, elle me plaît plus que les autres.

Souvent, il m'administrait de grandes tapes dans le dos.

— Je ne voudrais pas que tu sombres dans un sommeil profond. L'histoire du paon qui ne dit plus Léon, ça te parle ? C'est celui de Youssef, il déconne à bloc.

J'ai tendu un bras au sol, récupéré du bout des doigts mon calepin du moment et, malgré la sueur qui coulait dans mes yeux, relu mes observations sur l'histoire du paon de Youssef qui ne disait plus Léon. Ma première phrase était sans équivoque :

« François me prend-il pour une abrutie ? Sinon, c'est qu'il est un grand artiste, le plus fameux des ventriloques. »

9.

De son bateau, François analyse les plus infimes mouvements de la nature, ses plus imperceptibles dérèglements. Des espèces aux sous-espèces, il sait lesquelles disparaissent, lesquelles ont encore le courage de résister.
— Je te jure, une palourde que j'ai regardée de trop près m'a craché à la figure.
D'après mes recherches, les palourdes ne crachent pas. De leur coquille, elles ne sortent qu'une partie de leur corps mou, le pied.
— Si tu crois qu'elles se redresseront un jour sur deux jambes, tu te fous le doigt dans l'œil. Pures et innocentes jusqu'au bout.
Durant plusieurs jours, je les avais observées. À force de patience réciproque, elles m'avaient initiée à leurs mœurs discrètes et humbles. Et voilà que l'une d'elles empestait.
— Mais, ma fille, c'est le propre du con moyen de schlinguer quand la vie l'abandonne.
François et moi avons passé tant d'heures ensemble... et je ne parviens toujours pas à déterminer si le soleil

tape trop fort sur sa tête ou si c'est simplement qu'il boit trop de pastis.
— L'amour est vraiment une chose impossible, mais il n'y a que ça de vrai !
Quand il enchaîne ce genre de conneries, je penche pour un abus d'anisette.

10.

Au Cercle des Pêcheurs, l'unique bar du port, ils sont plusieurs à avoir, comme lui, les yeux hallucinés d'alcool. Sous une treille de bougainvilliers et de passiflores, ils refont le monde. D'abord le leur. Ensuite, celui du *delà* de la falaise. Surtout, ils attendent que François se donne en spectacle :
— Oh, les gars, regardez qui passe ? Ma petite ! Vous savez à quoi j'ai deviné qu'elle était mon enfant ? Aux rides de son visage, parce qu'elle est vieille comme moi, à onze ans près. Ses cellules sont elles aussi programmées pour mourir et à cause de cette ressemblance, j'ai entamé une procédure en reconnaissance de paternité.

11.

Je tournais encore et encore dans mon lit, mon drap était collant d'écume. Tout n'avait pas commencé par la mort des palourdes si tout avait commencé par un paon qui ne disait plus Léon. J'entendais la barque de François remonter le chenal. Était-ce le sang qui battait à mes tempes ou la configuration des lieux, cette falaise d'argile qui contingente les bruits du monde tout en amplifiant les rumeurs de l'étang ?

Mon carnet mentionnait la température du matin où j'avais rejoint Youssef : vingt-deux degrés. Dans quelle mesure pouvais-je me fier à ce relevé ? Quand je prends des notes, je leur donne immédiatement une orientation, parfois un sens politique, le plus souvent la forme d'une fable : « Si l'hiver, les sentiers de la roselière dispensent une chaleur moite, au printemps, cette même touffeur met la vie à l'abri des saints de glace. Quand les oiseaux et les canards édifient leur nid, les serpents, réveillés depuis peu, rampent jusqu'à leurs œufs et les gobent. »
Je me rappelais les mots de François :
— Les couleuvres ressemblent à tous les affamés du monde, maigres avec un gros ventre !
Il avait absolument tenu à ce que je rende visite à Youssef, pour son paon qui ne disait plus Léon.
— Tu te rends compte, cet oiseau à la con qui se rebelle ?

Il se paie notre tête, là, c'est évident !
Le paon de Youssef s'était-il tu ou avait-il quelque chose de plus important à nous dire ? J'avais craint que François ne me refourgue l'une de ses marchandises, ces sempiternelles histoires de guérilla fomentée depuis l'étang.
— Un sacré bateleur, le voilà qui s'égosille toute la journée en faisant la roue, Raoul Raoul Raoul !
Bon, François se foutait clairement de ma gueule.

12.

Youssef habite une grande maison isolée au milieu de la roselière mais passe le plus clair de ses heures dans son élevage de canards clandestin. Pour le rejoindre, j'avais foulé quelques joncs, jaunes et secs, comme toujours à la fin mars, jusqu'à déboucher sur l'étang. L'eau était limpide et les coquillages étincelants. Dans la lumière aveuglante, Marie, la femme de Youssef, m'était apparue comme une masse sombre.

J'avais tout consigné dans mon carnet : « À cet instant précis, Marie est à l'image de l'être vivant jamais encore répertorié, l'ébauche ou le summum de l'évolution, avant ou après toutes les sélections d'adaptation, composé d'une cellule unique. »

Qu'est-ce qui me pousse à écrire des choses pareilles ?

Mes yeux s'étaient finalement accoutumés, Marie avait retrouvé sa constitution.
— Il est tôt. Que viens-tu faire par ici ? m'avait-elle demandé en me tendant des mains fines et parcheminées que je n'avais pas osé prendre dans les miennes de peur de les broyer. Excuse-moi, j'ai les ongles noirs, je viens de nourrir les canards. Mais tout ça ne te rebute pas, toi. Attends, je me lave quand même...
Elle avait plongé ses avant-bras dans un ruisselet, ses doigts maigres jouaient avec des tiges de cresson que l'onde berçait.
— Peut-être faudrait-il que j'en ramasse, seulement j'ai peur de la douve du foie. Je l'ai attrapée quand j'étais petite. Ma mère répétait sans cesse que le cresson d'eau était bon pour la santé et m'en faisait manger à tous les repas.

Comme d'autres dans le coin, Marie est née de l'étang, bien plus que moi, qui suis pourtant devenue son rejeton. Ils y passent leur vie, sans le façonner ni le normaliser. Avec Youssef, elle s'occupe de leur élevage clandestin, qui ressemble à une cité lacustre. Entourés de grillage, protégés de filets suspendus, les bassins sont reliés par des passerelles de bois mal équarri. Les oies cendrées, les colverts et les cayugas circulent indifféremment de l'un à l'autre, laissant derrière eux une odeur doucereuse de déjections.

— Alors, qu'est-ce qui me vaut ta visite ? Ne me dis pas que François t'a raconté que notre paon s'est soudain mis à crier Raoul ? Ils n'ont que ça à faire quand ils sont au Cercle des Pêcheurs, rêver des rêves.
Comme pour donner raison à Marie, le fameux paon poussait son cri au loin.
— Suis-moi jusqu'à la maison.
Elle avançait du pas rapide d'une vieillesse apaisée. Les roseaux cinglaient son visage.
— Une ride de plus ou de moins, disait-elle avec le sourire.
De mon côté, je m'efforçais de me protéger des coups de fouet.
— Tu arrives à me suivre ?
— Plus ou moins.

13.

Sur le perron de la maison, le paon agitait son aigrette.
— Léon Léon Léon.

Jamais il n'avait su se présenter autrement. Et s'il déployait la queue, c'était parce qu'une intelligence supérieure lui sommait de faire la roue : Marie sortait des grains de maïs de la poche de son tablier.
— Tu sais, c'est par amour que Youssef a imaginé cette histoire de paon qui dit Raoul.
Ses épaules maigres avaient tressauté, elle semblait soudain désolée.
— Tout finira avec la mort des palourdes. Oui, même les plus grandes passions sont vouées à disparaître...

Du creux de mon lit et de mon insomnie, j'entendais François dépasser les dernières balises du chenal, il poussait son moteur à fond. Je me demandais comment étirer cette minute qui précède le début de la fin.
J'interrompais la lecture de mon carnet, des paroles de Marie qui y étaient rapportées. Que savais-je des palourdes ? Et de l'amour ?

14.

Le plus souvent, malgré mes airs d'ennui, je me tiens en marge de la tristesse. Je mise tout sur ma disposition naturelle à l'abêtissement. La largeur de mes dents me pousse à rire et j'ai bon espoir, tôt ou tard, de

me changer en âne.
Mais si les palourdes mouraient, je voulais avant toute chose mourir avec elles.
C'est une idée qui vient, le suicide, quand on n'a personne.
Les mots s'échappaient de mon carnet.
— Tu n'es pas seule, je suis là, moi.
La voix de François, encore elle.
— Tout de suite, le suicide. Tu ne peux pas, comme tout le monde, te contenter de crises d'eczéma et d'accès de panique ?
J'ai enroulé mon drap autour de mes jambes.
— Il faut donc tout t'apprendre. Autour du cou, le drap, pas des jambes, sinon tu vas rater ta sortie.

15.

Après de nombreuses passions amoureuses, trop vite consumées, j'avais vécu avec un homme, de façon équilibrée et épanouie, jusqu'à ce qu'un matin, nous nous séparions, au motif que nous avions fini par nous ressembler comme des frères. Pierre, plus que moi, avait trouvé cette dérive fraternelle particulièrement injuste.
— Dégoûtante, oui ! s'exclamait François, qui continuait à m'appeler sa fille pour mieux réformer ma vie.

À mon arrivée au village, cela faisait quatre ans que j'endurais cette déroute, l'amour ne dure pas. «Tu es drôle», disait François.

Moins que lui, qui a passé la majeure partie de son existence sans compagnie. Plus jeune, il a été marié, mais sa femme est morte d'un cancer et il ne s'en est pas remis. Dans le brasier de ma chambre, mes dents claquaient, peut-être était-ce un éclat de rire.
François s'agace de mon sourire.
— On n'a pas idée de rire quand on est triste. Je le vois bien, ton manège.
S'il se trompait, si j'étais joyeuse par nature et désespérée par habilité, par humanité même ?
— Mais oui, tu es généreuse.
Si je taisais ma joie de vivre pour ne pas attirer l'attention, pour ne pas effrayer mes contemporains ?
— C'est ça, tu es bien brave.
Situation privilégiée que la mienne, celle d'avoir accédé à un niveau inégalé d'imbécillité.

16.

Plus je bandais le drap autour de mes cuisses, plus mes tempes battaient. Dans les étoiles qui dansaient

devant mes yeux, je nous revoyais, Marie et moi, installées à la table de sa cuisine. Par amour, sentiment qui labélise les êtres humains, les certifie conformes, Youssef avait donc inventé l'histoire du paon qui ne criait plus Léon.
— Évidemment, tu ne me crois pas. Si tu n'avais pas déserté l'inconditionnel, tu saurais de quoi je parle, me disait Marie.
— Marie, j'ai arrêté l'amour par gaieté et confiance en l'avenir.
— Pourquoi te sens-tu toujours obligée de sortir tant d'âneries ?
— Parce que je suis la personnification même de la bêtise.
— Tu es terrible !
— Aux souffrances de ceux qui croient m'aimer, j'oppose l'hilarité.
— Oui, tu es terrible, avec toi-même et avec les autres.
Elle avait déposé les grains de maïs qui lui restaient sur la table.
— Tu fais exprès de ne rien comprendre et ça t'amuse, avait-elle déploré.
Elle s'était décidée à m'éclairer. Youssef avait affabulé ce paon qui ne disait plus Léon pour que François m'en touche un mot et que je vienne à elle, qui me parlerait d'amour, de sa conviction profonde que rien de plus beau ni de plus grand n'existe au monde.
Un guet-apens qui se donnait des airs de sauvetage.

— Parce que te parler d'amour, c'est te parler de Youssef, te raconter que nous nous aimons contre vents et marées, depuis plus de cinquante ans.
Moi, je préférais croire à un paon détraqué.
— Raoul !
Ne venait-il pas de crier Raoul ?
— Tu rêves, mais peut-être plus assez, et c'est bien ça le problème.
— La belle affaire si, depuis quelques années, j'ai laissé les lombrics des sansouïres rêver à ma place !
Elle m'avait lancé un grain de maïs au visage.
— J'ai envie de te tordre le cou.
J'en avais évité un deuxième, projeté pourtant avec davantage de détermination. Si Marie le désirait, je pouvais me transformer en canard. Peut-être même devenir agile comme un pinson.
— On n'a jamais vu un oiseau tourner le monde en ridicule. Arrête de sourire comme ça, tu veux !
Elle avait fini par pouffer elle aussi. Puis par rire franchement.
— Ceux qui, comme moi, ont passé le gué pour la grande vieillesse, ont le droit de s'esclaffer sans réserve.
— Mais n'as-tu pas remarqué que la lagune se dégrade, que tout crève en elle ? Tu devrais pleurer au lieu de sourire.
— Tu ne le sais pas encore mais, l'étang et moi, nous faisons la course.

Marie s'éteindra avant la roselière. C'est son vœu, celui de ne pas mourir de tristesse.
— Je veux partir paisiblement, dans mon sommeil. Je laisserai une trace dans la terre craquelée du marais pour que tu puisses me rattraper. Un jour, quand tu seras sereine à ton tour.

Dans la nuit, mon souffle se faisait court, le plaisir avait surgi de nulle part, je relâchais l'étreinte de mon drap.

17.

Marie s'était levée pour me resservir un café.
— Pas de doute, François t'aime. Il t'offre des ruines de Rome à chacun de tes anniversaires. C'est pas rien. Les ruines de Rome poussent entre les pierres. Partout, elles cherchent l'ombre, pour n'être pas grand-chose, simplement jolies quand elles s'épanouissent. Tous les ans, de ses doigts déformés par l'arthrose, François me confectionne une couronne où s'entremêlent pétales mauves et gorges jaunes.
— Oh, oui, ta trogne me plaît drôlement.
Quand il enceint ma tête de ces fragiles petites fleurs, je crois que cela me touche, bien plus que je ne veux l'admettre.

Marie avait pris ma main dans la sienne :
— François est fatigué. Bientôt, il n'aura plus la force de pêcher. Il est le mur en ruine à l'ombre duquel tu pourrais pousser et fleurir.

18.

Reprenons, mais où ?
En m'établissant dans ce coin perdu, au bord de l'étang, j'avais espéré raser les murs, m'évanouir dans la nature. François m'avait tout de suite accordé beaucoup trop d'importance. Le ciel pouvait être radieux au-dessus de sa tête, il en attendait toujours plus : quelqu'un sur son chemin, une femme qui finalement continuerait la sienne.
— Ma fille, j'ai tellement patienté avant de faire ta connaissance.

De mon côté, une réflexion poussée et plutôt mature m'avait décidée à ne plus partager mon lit, hantée par les mots de Pierre, qui trois mois seulement après notre séparation m'avait écrit une lettre désespérée : « Aucune rencontre n'advient jamais ou alors, elle relève de l'à-peu-près. Rêveurs invétérés, nous réclamons celle qui s'impose, pour nous bercer d'illusions. Voilà, nous imaginons l'amour et le poisson est noyé. » Il fallait vraiment que nous soyons devenus frères pour qu'il se confie de la sorte.

Ne retrouvant toujours pas le sommeil, mouillée des pieds à la tête, je cherchais à expulser un second soupir de plaisir.

19.

Marie avait tout prédit :
— Tu veux que je te tire les cartes ?
Elle pensait détendre l'atmosphère, qui n'était pas si lourde. Certes, j'étais un peu déçue, j'aurais voulu que le paon dise Raoul, qu'il lance ce cri d'indignation, plainte contre nature qui nous aurait fait honte.
— Raoul !
Mais qui aurait aussi forcé notre admiration.
J'imaginais le dialogue entre le volatile et moi.
— Raoul !
— Excuse-nous.
— Vous avez la puissance nucléaire.
— Je crois bien, le feu sacré dérobé aux dieux.
— Moi, un pouvoir plus grand encore, celui de changer de nature.

Peu de rancœur dans ce constat, un simple étonnement, d'autant plus déchirant.

— Ah, si, finalement, tu rêves encore... avait dit Marie en me balançant un troisième grain de maïs qui avait rebondi sur mon nez.
— C'est quoi cette histoire de cartomancie, depuis quand tu tires les cartes ? lui avais-je demandé en sortant de ma torpeur.
— Figure-toi que ça m'a pris hier.
Elle avait retrouvé un jeu de tarot de Marseille dans son grenier et avait espéré enchaîner les patiences.
— En attendant de mourir, bien avant l'étang, note-le. Seulement, tu comprends, on ne peut pas faire de patience avec un tarot marseillais.
Je l'ignorais mais j'étais prête à la croire.
— Alors, j'ai tiré les cartes et je les ai trouvées belles.
Elle me regardait par en dessous, de peur que je sois scandalisée. Au fond, j'avais toujours cheminé au hasard. Dans ces conditions, elle pouvait bien, après des grains de maïs, me flanquer des cartes de bonne aventure à la figure, surtout si elle ne savait pas les lire.
— Je ne te cherche pas de raison de vivre, tu sais ?
— Encore heureux.
Le maïs sur la table et le jeu de cartes posé à côté d'une corbeille de pommes pour le paon formaient à mes yeux une nature morte recevable.

— Raoul !
L'oiseau me signifiait que jamais sur cette terre, il n'y aurait de mise à mort valable de la nature.
— C'est parti, avait annoncé Marie.
La carte qu'elle tenait entre les mains lui brûlait les doigts.
— Le Fol ou le Mat.
Elle me l'avait montrée dans une grimace douloureuse. Je ne voyais pas ce qui l'alarmait.
— Quoi, un baluchon posé au sol et un chien errant ?
— Tu ne comprends pas, le Fou a disparu de sa carte...
Et vlan ! N'importe quoi plutôt que rien, le paon disait Raoul et l'un des arcanes du jeu de tarot s'était fait la malle.
— Il est à tes trousses !
La vieillesse joyeuse et apaisée sentait soudain le coup foireux. J'avais reculé sur ma chaise, Marie avait si brutalement changé d'état, délaissant la raison qui lance des grains de maïs à la face de mon abrutissement pour la superstition qui m'assommerait d'une corbeille de pommes si elle osait.
— Merde, c'est une vraie saloperie, ton tarot, m'étais-je exclamée.
— Anathème !
Excommunication ? Mais je respirais encore, c'étaient les anguilles qui retenaient leur souffle. Allaient-elles toutes mourir, et les palourdes après elles ? S'il n'y avait plus d'avenir, Marie n'était pas tenue de le déchiffrer et

certainement pas avec un empressement pareil. Prenant mon courage à deux mains, j'aurais pu me recevoir un épi de maïs entier dans la figure, je lui avais fait lâcher la carte du Fou.

— Je deviens sénile, tu crois ?

Elle me faisait peine à poser cette question.

— Dis-moi la vérité.

— Marie, tu es un être humain tout à fait comme il faut, fragile.

— C'est bien ça, je suis un être humain tout à fait comme il faut...

N'empêche, elle avait voulu tirer une nouvelle carte, pour se rassurer.

— Nom de nom, l'Hermite !

L'âge mûr, lanterne à la main, rôdant dans la forêt.

— Oh, regarde.

J'avais regardé.

— On aperçoit un grelot qui dépasse du tronc de l'arbre, c'est le bonnet du Fou. Oui, je le reconnais avec ses oreilles d'âne !

Étais-je l'âne ou le Mat ?

Marie s'était mise à parler directement à sa carte :

— C'est donc là que tu te terrais, espèce de dingo.

La folie était allée faire un tour du côté de la sagesse, se planquant dans les bois, en pleine nature, parce qu'elle avait des comptes à lui rendre.

— Peut-être est-ce tout simplement l'Hermite qui perd

la boule à force d'avancer seul. C'est une chose que tu dois savoir... avait suggéré Marie.
— En quel honneur ? En plus d'être dans la confidence, je serais dingue ?

20.

Marie avait pris un air pénétré :
— Ou alors, ça veut dire que tu vas rencontrer quelqu'un. Si ça se trouve, au beau milieu des roseaux.
Youssef était apparu dans l'encadrement de la porte, les sourcils froncés.
— Chéri, elle va rencontrer quelqu'un ! lui avait dit Marie.
Il s'était avancé vers elle, avait déposé un baiser sur ses cheveux blancs et tout en me regardant, avait déclaré :
— Si elle pouvait d'abord avoir un geste de tendresse envers François, qui n'attend qu'elle.
Son haleine sentait le pastis.

21.

J'ai replongé dans mon calepin, tentant de remonter la piste de ces derniers mois. Comment, de l'effondrement de la nature, allais-je passer à la célébration de la vie, par tous les moyens, même un désespoir amoureux ? Comment, dans l'attente de la mort, allais-je concevoir l'arrivée prochaine de l'Hermite du milieu des roseaux ?

J'avais écrit : « Note-le. Note-le bien, que je vais mourir avant l'étang. »
Après celle de François, c'était la voix de Marie qui résonnait dans ma chambre vide et brûlante.
— Si tu n'es pas amoureuse d'un autre, qu'est-ce que tu attends pour aimer François ?
— Je n'en sais rien, moi, une catastrophe naturelle que nous pourrions fêter comme l'avènement d'un nouvel ordre mondial.
— Tiens, prends ça, andouille !
Méritais-je tous les grains de maïs qu'elle me décochait ?
— Encore un pour la route.
— Marie, s'il te plaît, j'ai eu mon compte...
— Si seulement il n'y avait pas l'Hermite des roseaux que tu dois bientôt rencontrer.
Dans la marge, je déchiffrais des mots que j'avais griffonnés puis rayés :
« Rien que des salades, les prédictions de Marie. »

Ma nuque ruisselait. Être humide à ce point, quand l'état de sécheresse générale était déclaré, c'était une aubaine. Une mouette, avec sa tête marron de plein été, s'est posée sur le rebord de ma fenêtre.

Elle ne riait pas. À mes volets, le thermomètre m'en donnait plus que pour tout mon argent, j'aurais voulu puiser l'eau à l'arrière de mes genoux pour m'acquitter de ma dette.

— Mince, toi, tu es complètement givrée avant d'être à sec !

Plutôt que de se foutre de moi, les oiseaux de mer et des lagunes auraient mieux fait de me remercier. Suant à torrent, je palliais comme je pouvais l'aridité de leur habitat. De sa langue rouge, la mouette m'assenait le coup de grâce :

— J'aurais préféré que tu sois un vrai salaud.

Moi aussi, en fait. Car j'aurais gardé la tête froide. J'avais si chaud, mon sang cognait si fort. La mouette est repartie, me laissant me noyer dans ma transpiration. Les sons se propageaient à la surface de l'étang, je devinais François décélérer à l'abord de ses filets. Il usait ses dernières forces à remonter des poissons morts. Mais était-ce ma faute si la lagune dégénérait ?

L'étendue des dégâts n'est observable que depuis sa barque. Tant que je ne l'aime pas, il n'a aucune raison de rester au port à oublier que le peuple des anguilles ne conquerra jamais le droit à disposer de lui-même.

— Sans moi pour voir et raconter que l'étang s'épuise, il ne s'épuise pas, dit-il souvent.
À force de réfréner le moindre de mes transports, je semble manquer de cœur. Alors, François crie partout que la nature meurt.
— Ce que je constate dépasse l'entendement. S'il te plaît, retiens-moi à quai. Qu'est-ce que cela te coûte, hein, de m'aimer un peu ?
J'ai mis ma tête sous l'oreiller pour ne plus entendre le bruit de son moteur.
Comme j'avais chaud.

22.

Pour contrer la peur, il suffit de se répéter que la vie a une longueur d'avance sur nous, que nos limites ne sont pas les siennes, que si nous sommes capables de tout, elle est capable d'encore plus.
— Pourquoi me donnes-tu tant d'importance ? avais-je un jour demandé à François qui me montrait un poisson en surface.
— Tout simplement parce que tu en as. Pour moi, tu es devenue le marqueur de l'étang : tu désespères, il s'assombrit, tu souris, il s'éclaircit. Alors, les muges n'ont plus à sauter hors de l'eau pour trouver l'oxygène.

Comment peut-il me confier une responsabilité pareille ?

Mon carnet relatait ensuite mon échappée dans la roselière, une semaine après le présage de bonne fortune de Marie. Mathieu, mon rédacteur en chef, m'avait commandé un nouvel article sur la centrale hydroélectrique et le déversement des milliards de mètres cubes d'eau douce dans l'étang.

La conversation revient fréquemment sur ce sujet entre François et moi.

— Ma fille, c'est une loi devenue naturelle, notre besoin de courant.

— Je n'ai jamais protesté contre l'électricité, je suis absolument pour.

— Menteuse, tu t'enfièvres aux coupures !

— Ouais, d'accord...

Durant les minutes qui précèdent le démarrage des générateurs de secours, j'ai l'espoir fou de passer le reste de ma vie à m'éclairer aux étoiles.

La conclusion de François est invariable :

— Paraît-il que nous ne pouvons pas demeurer éternellement sur le sable, à nous chauffer au soleil. Comme il cogne celui-là, comme il assèche les terres. De déviation en dérivation, nous avons fini par abîmer l'eau.

Son moteur grondait dans mon crâne, je sentais son courage l'abandonner, cinquante kilos d'ulves pesaient sur ses nasses. Au milieu de mes draps, j'étais gluante. Pareille aux anguilles, pareille aux algues, pareille aux méduses : molle dans le ressac.

23.

L'eau douce de la centrale se déversait en pure perte dans l'étang, comme celle produite par mon corps, puisque j'avais choisi de ne plus importuner personne par ma présence, d'attendre que la vie passe, sans recourir ni à l'amour ni à la sexualité.

Une phrase de mon calepin se distinguait d'avoir été écrite à l'encre rouge : « À prendre mon mal en patience, suis-je en train de détruire l'ensemble d'un écosystème ? »
Mes mots sont la plupart du temps ceux d'une étrangère. À leur relecture, je me retrouve ignorante, incapable de comprendre l'idée qui les sous-tend. Peut-être qu'aucune pensée ne les fonde ni ne les organise.

24.

À partir du vieux lavoir, à la sortie du village, un papillon m'avait ouvert le chemin. Il revenait sans cesse en arrière, frôlant mes cuisses nues. Je trouvais sa caresse douce et agréable. Plus loin, Youssef nourrissait ses oies cendrées. Je lui avais fait signe.
— François t'attend. Toi, qui attends-tu ?
— Personne, je trace ma route.
Les roseaux avaient commencé à pousser vert, d'une couleur aussi vive que la peau des couleuvres qui sinuaient entre les joncs. Une rainette avait sauté, je m'étais approchée pour la regarder nager, mes pieds s'étaient enfoncés dans la vase.

— La terre n'est pas sèche partout. À certains endroits, elle est même prête à nous engloutir.
Parmi toutes les algues que charriaient ses filets, François trouverait-il ne serait-ce qu'un gobie ?

J'avais croisé une promeneuse.
— Les gens se croient vraiment tout permis !
Elle me montrait l'emballage d'une lingette pour verres de lunettes.
— Des comme ça, il y en a plein la roselière, s'énervait-elle.
— Que voulez-vous, on croit avoir tout vu. Et puis, non.
— C'est ça, une saleté chasse l'autre.

Ne sachant comment composer avec sa colère, je l'avais laissée repartir. Était-ce elle, l'Hermite du beau milieu des roseaux ? Certains partenaires sexuels de la lagune sont difficilement différenciables, au contraire des colverts, au dimorphisme exacerbé, que j'entendais s'envoler. Ils battaient des ailes à tout rompre, comme s'ils avaient des raisons de fuir. J'avais sursauté en piétinant les restes d'un filet que j'avais confondus avec un nid de vipères. Mais après tout, les serpents avaient très bien pu muter, comme le paon de Youssef. Et moi aussi, un jour, je troquerai ma peau. D'ailleurs, à force de soleil, elle vieillit déjà à toute allure.

25.

Le grognement des flamants roses m'était enfin parvenu, la centrale n'était plus très loin. Seulement, je n'y arriverais pas. Une clôture avait été dressée au niveau du cordon coquillier, un arrêté affiché. L'accès à cette partie du marais était défendu pour une durée de quatre mois, le temps que les sternes naines nidifient. Comment avais-je pu l'oublier ? D'ici peu, ces délicats oiseaux migrateurs pondraient deux à trois œufs à l'abri d'un trou creusé dans les amas de coquillages rejetés sur le rivage. Quelque part, quelqu'un, l'édile d'un tout petit morceau du monde, pense qu'il y a encore quelque chose à sauver, et c'est héroïque.

De l'autre côté du grillage, des tamaris penchaient vers l'étang. Mes chaussures n'avaient pas séché, j'aurais pu braver l'interdit et progresser dans les limons, mais j'avais préféré couper à travers les roseaux. Des iris avaient éclos entre les joncs, des aigrettes garzettes tenaient des poissons dans leur bec, des avocettes déterraient des vers, un cygne juvénile trompetait comme si sa vie en dépendait.

En m'engageant dans une sansouïre, j'avais fait s'envoler un chevalier gambette. Ses pattes rouges dépliées derrière lui, il affirmait son refus de se poser à nouveau. Du moins, tant que je n'aurais pas déguerpi.

À la sortie de la roselière, sur la route bitumée, une moto au moteur encore chaud était béquillée. Je cherchais son propriétaire, le trouvais assis par terre, les paupières closes. Il ne dormait pas, son absence était d'un tout autre ordre, celui d'un sourire dans le vide. J'hésitais à toucher son visage dessiné par des ombres anciennes. Une sarcelle a poussé un cri et il a ouvert les yeux. Ils étaient dorés. Du genre qui ne devrait pas exister. Des larmes perlaient tout au bord.
— Je viens de recevoir un oiseau en pleine poitrine.
C'était sa douleur du moment.

26.

Une odeur émanait soudain de mon lit et je ne parvenais pas à l'identifier. Elle était légèrement âcre, pas comme celle de la roselière, qui est toute sucrée. Elle n'avait rien à voir non plus avec les relents de la palourde morte.

— Oui, un oiseau en pleine poitrine.
Sa voix était douce, peut-être basse. Un jour, il me ferait ses adieux et je ne les entendrais pas.
— Là...

Le parfum de mes draps me rappelait vaguement quelque chose.

— En pleine poitrine.
Il m'avait montré l'endroit où l'oiseau l'avait atteint. J'avais voulu y poser une main, il l'avait repoussée.
— Ne me touchez pas, tout est encore trop frais.
Il s'était saisi d'un petit caillou, l'avait jeté devant lui. Combien de temps lui faudrait-il pour m'envoyer des graviers à la figure ?
— Vous avez quelque chose dans le regard, comme une cicatrice, m'avait-il dit.
S'il se reconnaissait en moi, libre à lui de décréter que nous étions en surnombre.

— Cela vous fait mal quand vous ouvrez les yeux ?
De penser que l'un de nous, sur cette planète, à la lisière de ce marais, était de trop.
— Vous savez, ce n'était sans doute pas vraiment un oiseau. Un bourdon, sinon une mouche ou alors un moucheron. J'ai perdu l'habitude des insectes. Avant, quand je roulais, j'en avais plein la visière, plein les phares.
Empruntant la route des rizières, il fendait des nuées de moustiques et de libellules.
— Par prédisposition, les cigales meurent vite. Elles écourtaient encore leur espérance de vie en venant s'écraser contre mes rétroviseurs. Même mortes, elles restaient jolies avec leurs ailes nervurées.
Les temps avaient changé, les nuages d'insectes s'étaient dissipés.
— À cette époque, j'avais toujours des moustiques et des moucherons au coin des yeux.
Le regard souligné de noir, il devait être beau. Était-ce pour cette raison qu'il avait des larmes tout au bord, parce que les insectes ne venaient plus mourir sur ses paupières ?
— Je roule à moto pour sentir la nature.
La plupart des espèces avaient déserté ses itinéraires et cela lui avait fait perdre sa raison première.
— Cela fait tellement longtemps que je n'ai pas reçu une guêpe dans la poitrine que j'ai cru que c'était un oiseau qui me déchirait.

Il me regardait avec force, je prenais place dans ses yeux. Ils n'étaient plus dorés, ils avaient la couleur de l'étang quand il pleut.
— Tout est encore trop frais, pardonnez-moi.
Depuis quand n'avait-il pas plu ? Et si la Terre était sauvée par son regard ? Les anguilles, les palourdes, les paons. Moi aussi peut-être. Un héron cendré, sa pêche dans le bec, avait déployé ses ailes au-dessus de nous.
— Un loup.
Il avait raison, de tous les poissons de l'étang, le héron avait mis dans son bec un loup.
— Celui-là ne mourra pas par ma faute.
Refusant de briser le charme, je n'avais pas cherché à comprendre le sens de sa phrase. Pourquoi un loup serait-il mort par sa faute ?
— Le danger est passé, le héron ne nous larguera pas son poisson sur la tête.
Il s'était relevé.
— On pourrait se revoir. Ici même. Dans une semaine. Je m'appelle Jean.
Le bruit de sa moto avait effarouché la roselière, les peuples qui l'habitaient s'étaient terrés, les sternes naines avaient ravalé leur ponte. Il me laissait toute seule sur le bord de la route. Je me sentais abandonnée comme jamais.

27.

Quel était ce désespoir qui gouvernait les humains du marais ? Nous nous refusions toute joie de vivre au motif que la nature mourait. Mais elle ne mourait pas tout à fait, puisque nous la protégions, deux naissances de sternes naines suffisaient à gagner le pari de la préservation.

Les œufs ont éclos, trois poussins arpentent le cordon coquillier.

L'odeur de mes draps persistait et la voix de François revenait à la charge :
— C'est le propre du con moyen de schlinguer quand son amour l'abandonne.
— N'importe quoi, c'est quand la vie l'abandonne.
Sur son bateau, il était dévasté, il avait perdu le cap, dérivé jusqu'à la rive opposée où l'eau n'était pas plus claire, où les poissons n'étaient pas moins opprimés.
— Il faudra pourtant bien que je trouve un moyen de mourir heureux.
De quelle couleur sont les yeux de François ?
— De la couleur des fleurs des ruines de Rome que je tresse pour toi.
— Mais non, ils sont bleus.
— Pourquoi me poses-tu la question, si tu connais la réponse ?

Je me demande si un jour, je ne vais pas lui rester sur les bras.

28.

Je stoppais de nouveau ma lecture, fermais quelques instants les yeux. Les notes de mes carnets contrefont parfois la réalité, mais les articles que j'en tire sont toujours considérés comme des histoires vraies. Ainsi, j'ignore si je suis ou non faussaire, si j'agis pour tromper la mort ou tromper la vie.

Privée de vue, peut-être parviendrais-je à déterminer l'origine de l'odeur qui régnait dans ma chambre. L'horloge du village sonnait six heures. À huit milles de mon lit, François avait déjà chaud sur son bateau. Il avait retiré son pantalon ciré, ses bottes de pluie, et pour se rafraîchir avait sauté dans l'eau au milieu des palourdes et des poissons avariés.

Un soir, nous avions jeté l'ancre devant un arbre mort dont les racines plongeaient dans la lagune. Sur chacune de ses six branches nues se tenait un grand cormoran qui ne bougeait pas, tournant seulement la tête de droite à gauche, comme si elle était séparée du reste de son corps.

— C'est lugubre, non ? m'avait dit François.
Dans la langueur du jour qui déclinait, les oiseaux marins ressemblaient à des vautours lorgnant sur un tas de charognes, avides d'y donner des coups de bec.
— Ma fille, en rejeton de l'étang, un jour, tu crèveras toi aussi.
— L'idée ne m'effraie pas, je m'enfoncerai dans les limons et deviendrai un corps-mort.
— Tu seras colonisée par les moules, tu parles d'une sirène !
— Et alors, je suis sûre que je ne serai jamais aussi heureuse que durant ces années où je ne serai plus. En définitive, les vers de vase m'auront débarrassée de moi.
— Je ne comprends plus rien, tu veux te changer en âne ou en créature aquatique ?
— Pourquoi pas en hippocampe...

Il m'arrive de débusquer ces petits poissons au museau court dans les herbiers du chenal, je les observe à bonne distance, dans le silence de la plongée.

Ma tête bourdonnait, je prolongeais les mots de François :
— Pour en faire un talisman, il faut marteler leur nom, *Hippocampus hippocampus* !

29.

Je conserve un syngnathe des lagunes séché dans le tiroir de ma table de chevet, offert par Saïd, l'un des pêcheurs du Cercle. Il ressemble à un hippocampe délié, long et fin. Parfois, je le sors de sa cachette pour le renifler. François dirait sûrement que c'est à la portée du syngnathe moyen de schlinguer quand la vie l'abandonne. Mais mon syngnathe ne pue pas, il sent les algues au milieu desquelles il a trop peu vécu.

Le doute m'assaillait quand même, était-ce lui qui dégageait ce parfum aigre que je n'arrivais pas à identifier ? À tous les coups, l'humidité que je produisais s'était insinuée entre ses plaques osseuses, inversant le processus de naturalisation. Je suais comme un bœuf et mon syngnathe avait ranci. La mouette devait avoir raison, j'étais incapable de payer mes arriérés de loyer sur la terre.

30.

J'étais prise d'un vertige, et dans mon vertige François tenait fermement la barre.

— Regarde, je t'ai fait sécher un *Hippocampus hippocampus*. Si tu le trempes dans un verre d'eau, tu peux

t'en faire une fontaine de jouvence !
Certaines œuvres de la nature devraient refuser les appellations scientifiques, les noms grecs et latins, car c'est par ce décorum qu'elles sont transformées en élixir d'éternité.
— Attention, hein, pour sa conservation, je l'ai d'abord transfusé à l'alcool à 90.
Fixé dans une imitation de vie, mon syngnathe nage. À chacune de ses reptations, je m'émerveille.
— Putain, j'ai bu la tasse !
Quand il ne sent pas le fenouil, François laisse derrière lui une odeur de cuvaison.
— Tu veux en finir toi aussi ? Taille-toi des branchies dans le cou, ça ira vite. Et puis, si ça se trouve, ça sera sans douleur. Je me demande si je ne suis pas en train de devenir sinistre.
À croire si fort en l'amour, ses éclats de rire sont de plus en plus rares, le pastis du Cercle des Pêcheurs ne peut rien contre ça.
— L'amour, le vrai, quand il n'y a plus ni nuit ni jour, ça te dit quelque chose ?
Le pastis ne soigne pas son besoin d'aimer et d'être aimé. Quand je serai rendue à l'état de sédiment, il déposera des brassées de ruines de Rome à la surface de l'étang.
— Non, ce jour-là, je saignerai du mouron rouge. Je t'aime.

Ces mots, les a-t-il seulement jamais prononcés ?

31.

— On pourrait se revoir. Ici même. Dans une semaine. Je m'appelle Jean.
Une semaine, cela m'avait semblé long. Pour patienter, j'avais écrit deux articles d'une série lancée par Mathieu : *Retour au primitif*. Le premier, sur les chèvres réensauvagées. Le second, sur les cueilleurs d'asperges sauvages. L'éthologue que j'avais accompagné pour mon sujet sur les chèvres m'avait désigné une dizaine d'entre elles plantées sur les voies d'un axe routier particulièrement fréquenté :
— Vous voyez, les femelles sont complètement désorientées. La semaine dernière, il y a eu une campagne de stérilisation chez les boucs. J'étudie tout de façon écosystémique, plaçant les besoins de l'être humain au centre, mais je voudrais bien qu'elles enfoncent quelques radiateurs de moteur, qu'elles fassent sortir une ou deux voitures de la route.
Il m'avait autorisée à rapporter le moindre de ses propos dans mon papier.
— Moi aussi, voyez-vous, je suis un sauvage !
Pour les asperges, je n'étais pas allée bien loin, j'avais suivi Marie le long de la rivière.
— Mince, tu es finalement tombée sur l'Hermite. François le sait ?
— Évidemment que non.
— Sa lanterne est comment ?

— Un phare de moto rutilant. Forcément, les insectes ont disparu.
— Oh, une moto, c'est donc un homme qui fait du bruit.
— Tu te trompes, il parle tellement bas qu'il faut lire sur ses lèvres.
— Sur ses lèvres ?
— Dans ses yeux, si tu préfères.
— Comment sont-ils ?
— Dorés comme un désert. Je crois bien que c'est en eux qu'il faut creuser.
— Creuser ?
— Oui, tout y est, de la source de la rivière à son exutoire, l'étang.
— Sans rire, ils englobent l'ensemble des mystères de la nature ?
— C'est ça.
— Y sont-ils enfin révélés ?
— Non, simplement exposés.
— Alors, ce sont des yeux qui ne servent à rien.
Si, à pleurer tout à la fois de joie et de tristesse. Marie serrait contre elle les asperges qu'elle avait arrachées à la terre sablonneuse des bords de la rivière, elle les dorlotait presque :
— Mes petites sauvageonnes...
Nous avions regagné le sentier de la roselière. En quelques jours, les coquelicots avaient pris le dessus sur les iris d'eau et les roseaux étaient devenus entièrement verts,

comme si le poème était enfin achevé et déclamé.
— J'aime mieux quand tout est jaune, avais-je dit.
— Tiens, prends ça !
Marie avait fait mine de me lancer une asperge dessus et j'avais répliqué :
— Quoi, c'est pourtant vrai que je déplore les fleurs quand elles bavent leurs couleurs vives sur les joncs.
— Tu crânes à faire semblant de ne pas aimer la vie.
— Qu'est-ce que tu racontes ? Je défends le vivant comme personne.
Trop attachée à sa récolte, Marie n'avait pas osé me brandir la botte entière d'asperges sous le nez. Elle les avait préparées en omelette, avec des œufs d'oie cendrée.
— Note ma recette pour ton journal.
Je pensais qu'elle voudrait la garder secrète, l'emporter avec elle quand elle partirait, avant la mort de l'étang.
— Pourquoi tairais-je ce plaisir ? Tu es fatigante à toujours tout compliquer.
Pendant que nous mangions, le paon était entré dans la cuisine, balayant les tomettes de sa queue.
— Depuis ton dernier passage, il est devenu muet.
— Peut-être envisage-t-il de ne plus mentir. Crier Léon est une imposture si, en réalité, son désir est de dire Raoul.
— Mais il n'a jamais voulu dire Raoul, c'est Youssef et François qui ont inventé toute cette histoire pour que tu viennes jusqu'ici et que je te parle d'amour.

Elle avait pincé ses lèvres, l'air mécontent.
— Et voilà que je t'ai poussée dans les bras de l'Hermite. François va avoir du chagrin.
— Ne t'inquiète pas, il le noiera au Cercle des Pêcheurs.
— Il se noiera, oui, mais dans l'étang.
— Nous y finirons tous.
— Un jour, tu regretteras tout ce qui aurait pu être entre vous deux.
— C'est ça, et je me taillerai des branchies dans le cou pour en finir plus rapidement.

32.

L'horloge du village sonnait maintenant sept heures. Mon vertige s'était calmé, demeurait l'image de François remonté à bord de son bateau, des traces de limon sur le visage, un hippocampe entre les mains :
— Merde, à peine sorti de l'eau, tu es déjà tout cassant. Tu parles d'un philtre d'amour. Poisson, quand je bois du pastis, je rêve qu'elle m'aime. Quand je me finis au marc de raisin, j'arrive même à nous imaginer un avenir.

33.

Qu'est-ce qui pouvait me faire sortir de mon lit ? J'éprouvais un plaisir coupable à me remémorer les semaines qui avaient précédé ce matin de canicule où le destin de la planète était en train de se jouer.

Sur son bateau, François parlait tout seul.

— Il n'existe plus aucun ordre moral dès lors que l'hippocampe que l'on sort de l'eau est déjà mort.

Depuis quand s'embarrassait-il de moralité ?

— Je ne regarde jamais les anguilles dans les yeux, sinon je ne peux pas les pêcher.

Il faisait tourner l'hippocampe racorni entre ses doigts.

— Je me demande bien à qui appartient la Terre ?

34.

J'avais encore deux jours à patienter avant de revoir Jean, et je dérivais. Mathieu, heureusement, m'avait commandé un nouvel article pour la série *Retour au primitif.* Cette fois-ci, je devais m'intéresser aux *Euphorbia peplis*, plantes herbacées rampantes qui avaient envahi le sable du littoral. Il m'avait dit :

— Tu sauras les reconnaître.

Dès le début de notre collaboration, il m'avait dotée d'une

expertise de naturaliste, même s'il avait attendu trois ans avant de me faire signer un CDI et de me confier les sujets environnementaux. Selon lui, une personne aussi isolée que moi devait forcément parler aux oiseaux.
— On dirait que tu viens tout juste de sortir de ta forme invertébrée, qu'hier encore, tu étais un vers du Néoprotérozoïque.
Ses connaissances sont en réalité plus approfondies que les miennes.
— D'accord tu es seule, mais tu restes néanmoins fréquentable, me rassure-t-il de temps à autre.

Pour les *Euphorbia peplis*, il était certain de ma science. Elles constituaient une espèce en danger, et avaient d'ailleurs disparu de la plupart de nos plages. Comment avaient-elles pu réintégrer un monde qui avait fini par s'accommoder de leur absence ?
— C'est à toi de le découvrir.

Je suspectais François d'être à l'origine de l'affaire. Il avait très bien pu repiquer des plants et informer Mathieu de leur soudaine réappropriation du littoral dans le but que je m'y intéresse et, m'y intéressant, que je me rende à l'évidence : je souffrais d'un dysfonctionnement amoureux, et la planète tout entière avec moi. Grosso modo, il aurait fallu que j'aime François pour que la Terre tourne de nouveau rond.

L'odeur âpre saturait l'air de ma chambre. Du tiroir ouvert de la table de chevet, mon syngnathe me foudroyait de ses yeux de poisson mort.
Je ne parle pas seulement aux oiseaux, j'écoute aussi ce que les espèces marines, même pétrifiées dans une apparence de vie, ont à me déclarer :
— Sans blague, je pue ? Tiens, vous me démoralisez, vous, les humains, à toujours nous la foutre dans le baba, à nous, les animaux. Cette odeur, c'est celle de ton indécence !

Cet arôme rassis qui imprégnait mes linges serait celui de mon intimité, du plaisir que je prenais toute seule ?
J'ai refermé le tiroir sur mon syngnathe, sur sa pensée rudimentaire et franchement réactionnaire, puis, levant un bras après l'autre, me suis mise à renifler mes aisselles.
— Mff mff mff.
Mon syngnathe était bâillonné, mes dessous de bras sentaient le lait caillé et je ne savais toujours pas d'où provenait ce fichu parfum ni ce qui l'avait provoqué.
Avais-je laissé une trace de mes agissements de la nuit dans mon bloc-notes ?
Y était consigné le nombre de capsules d'*Euphorbia peplis* que j'avais recensées sur seulement un kilomètre de côte : cent vingt-six. Sous ce chiffre, j'avais écrit des mots d'une simplicité confondante.
« C'est dingue. »

Et voilà que j'entendais de nouveau François, qui de son bateau comptait les crabes à la surface de l'étang :
— Cent vingt-six, je deviens marteau ou quoi ?
Il avait récupéré une dizaine de spécimens à l'épuisette.
— Ça alors, rien que des squelettes !
Les carapaces avaient été dépouillées de leur organisme, la vie était allée voir ailleurs si elle y était.
— Mourir est peut-être une autre façon de vivre. Faut tenter...
Pouvait-il percevoir, lui, les remous de mon lit ?
Je compulsais mes pages de notes.
L'annexion des plages par l'*Euphorbia peplis* était flagrante, seulement, j'avais hésité à en donner une autre explication que la supposition qu'à l'automne, lors des marées de vives-eaux d'équinoxe, François avait arpenté le littoral pour semer des graines.

Je lui avais fait part de mes doutes, sa défense était mauvaise. Il s'était attardé sur la notion de marée, éludant le fait qu'il aurait pu être ce semeur éperdu d'amour qui recouvrait les plages de fleurs.
— Ma fille, tu racontes n'importe quoi, ici, nous ne connaissons rien des grands mouvements qui agitent les mers et les océans plus loin.
— Pourquoi alors la plante est-elle sortie du sable au printemps, à la faveur de marées semblables ?

— Tu insistes en plus. Une bonne fois pour toutes, entre-toi dans le crâne que chez nous, la lune n'a aucune influence.

Comme la lagune, notre mer ignore les marées et je faisais semblant de ne pas le savoir. L'article que j'avais écrit était sans consistance, il annonçait simplement le retour des *Euphorbia peplis* sur le territoire. Une victoire de qui sur quoi, je l'ignorais. Mathieu, lui, avait sa petite idée :

— Du sauvage, puisque tes mots appartiennent à la rubrique *Retour au primitif*. Sincèrement, beau boulot !

J'avais quand même réussi à obtenir d'un écologue des données sur la recolonisation de l'*Euphorbia peplis*. Sur sept kilomètres de sable, il avait dénombré plus de vingt mille individus.

— Individus ?

— Dans mon langage, individu signifie pied...

— Vingt mille pieds d'*Euphorbia peplis* sur sept kilomètres de plage, c'est beaucoup après un effondrement quasi définitif, non ?

— Je ne vous le fais pas dire. Nous sommes nombreux à nous interroger sur les causes de ce regain.

35.

J'avais repris le chemin de la roselière, à la rencontre de Jean. Les joncs de mai étaient si resserrés qu'ils dissimulaient le sentier. J'avais progressé sur le côté, les bras en avant, dans une sorte de nage indienne. Mes jambes étaient nues, mes pieds aussi, dépassant de mes baskets trouées, ma peau brûlait sous l'aiguillon de cette végétation qui avait trop brusquement reverdi. Dans de rares excavations, des coquelicots jaunes étaient venus s'ajouter aux rouges et les genêts se déchaînaient. Si une couleuvre ou une vipère traversait le chemin, je ne la verrais pas.

— Bouh !

Il m'avait fait peur, surgissant au détour d'un arbrisseau.

— Je te fous la frousse parce que je te dis toujours ce qui est, François t'aime et tu le fais souffrir.

L'épaisseur des roseaux m'avait trompée sur la distance parcourue, j'étais déjà arrivée à l'élevage clandestin, à Youssef et ses sentences à la noix.

— Tu m'entends ? Il t'offre des ruines de Rome. Il cherche en toi comme personne d'autre ne le fera jamais, tentant de te sauver de tes décombres encore fumants.

Il avait glissé son regard sur mes cuisses, sur les marques de griffures qui les marbraient, et s'était radouci.

— C'est la saison des petits, je suis venu m'occuper d'eux.

— Quels petits ?

— Je te croyais spécialiste de la nature. Les poussins. Combien d'autres oublis de ce genre ? Tout mourait, mais la saison des canetons demeurait.
— Tu veux les voir ?
Une dizaine d'oisons duveteux, tout juste éveillés au monde, nageaient et s'éclaboussaient dans les bassins.
— Pourquoi ris-tu tout le temps avec Marie et jamais avec moi ?
— Parce que tu as décidé de me faire peur, parce que tu sais ce qu'est l'amour et moi pas.
— Tu es bête !
— Tout à fait.
— Vraiment, vraiment, bête !
Nous nous étions souri.
— Marie est à la maison si tu veux la voir. Elle rebattra les cartes et te proposera un avenir avec François.
— Je ne peux pas, quelqu'un m'attend.
— C'est donc vrai, ce Jean existe. Marie m'a dit qu'il a pris une guêpe pour un oiseau ; il est un peu con ton ami, non ?

36.

Sur le cordon coquillier, avant la zone réservée aux sternes naines, des dizaines de libellules m'avaient encerclée. Je doutais de plus en plus, tout était-il en train de mourir ou tout finalement serait-il condamné à survivre ?

Certaines des demoiselles volantes m'avaient suivie jusqu'à la sortie.

— Ma fille, comment peux-tu confondre les demoiselles et les libellules ?
Sentant que j'approchais de la route bitumée, François s'irritait.
Jean était là, assis au même endroit, les yeux fixés sur moi, demeurés dorés, en dépit de tout.

37.

— Salut.
Jean affichait un sourire discret et moqueur, la morsure du serpent que j'avais jusque-là évitée. Rien de méchant pourtant, la simple surprise de me trouver au rendez-vous. Oui, il m'observait avec facétie et je me demandais s'il attendait que nous jouions à un jeu. Ne voyait-il pas mon regard amoureux ?
— Vous vivez dans la roselière ? m'avait-il demandé.
Peut-être me prenait-il pour quelqu'un ou quelque chose

d'autre. Il est vrai que, comme les flamants roses, je sais me porter sur une jambe, un tour d'adresse qui induit pas mal de mes interlocuteurs en erreur.
— De nombreuses espèces vivent dans la sansouïre, pourquoi pas vous ?
— Parce que je suis absolument du milieu de l'étang. Vous connaissez les *Hippocampus hippocampus* ?
— Bien sûr, je les tue même.
Il recommençait, après les loups, les hippocampes.
— Je leur ressemble, vous ne trouvez pas ? avais-je dit.
— Pas du tout.
— Ah bon, même comme ça ?
Je lui avais adressé un grand sourire pour qu'il se rende bien compte de la taille de mes dents.
— Même comme ça.
J'élargissais encore ma grimace.
— Ça ne me fait pas rire, vous savez...
Il devenait grave, comme s'il devinait l'épilogue de la lagune, le point final de notre histoire.
— Déjà, la fin ? avais-je voulu savoir.
— Déjà, oui.
Il faisait fausse route, tout était encore envisageable puisque notre amour débutait, puisque nous n'en étions qu'à l'instant des possibles.
— Je dois vous dire quelque chose, je travaille pour la centrale hydroélectrique...
Je repensais aux milliards de mètres cubes d'eau déversés

chaque année dans la lagune, à la raréfaction de l'oxygène en profondeur, tuant les palourdes, les loups, les hippocampes. Pouvais-je croire qu'il commandait à la destruction de ce dont j'étais éprise ? J'étais si sûre que sa voix posée, quasiment inaudible, avait veillé à la création du monde. Que le règne de ses yeux allait sauver la vie de l'étang. La tempête devait souffler fort dans sa belle tête.
— Si vous êtes absolument du milieu de l'étang, vous ne pourrez faire autrement que me détester. Vous ne le croirez pas, mais j'en ai encore mal à la poitrine, se désolait-il.
Je réfléchissais : j'avais enfin quelqu'un à protéger. De lui-même d'abord. De la nature ensuite, qui reprenait une dernière fois ses droits avant de disparaître, et nous avec, qui en faisons partie.

Mais alors, combien de temps ai-je devant moi pour l'aimer ?

38.

— Là, au sternum…
Je choisissais d'être folle de lui, de sa peau que le soleil irradiait, aussi jaune que son regard.

— J'ai perdu ma jeunesse, elle m'est revenue avec cet oiseau qui m'a perforé les poumons.
— Un moucheron !
— Oui, un moucheron. Ou peut-être une guêpe.
La peur primitive du dard avait voilé son regard. Je voulais poser mes lèvres sur sa poitrine pour sucer le poison. Il avait dû sentir mon intention, à ma bouche qui enflait, et m'avait repoussée avant même que j'esquisse le moindre geste.
— Ce n'est pas que tout est encore trop frais entre nous, c'est que pour l'instant, nous ne sommes personne l'un pour l'autre.
Il était l'un des colonisateurs de la lagune. De mon côté, locataire aux loyers de retard, j'étais sans droit ni titre sur la planète. Ainsi, nous partagions le même destin.
— Vous nous croyez complices ? s'était-il étonné.
Évidemment que nous étions de connivence, tous les deux à la poursuite de ces vents gravitationnels qui ne soufflaient plus.
— Vous allez un peu vite, non ? Notre histoire n'est qu'invention de votre part.
— Oui, pure et simple, je suis d'accord avec ça.

39.

Ces dernières années, j'avais cessé d'aimer, mais m'étais-je aussi abstenue de rêver d'amour ? J'avais enfoncé mon visage dans mon oreiller, l'odeur que la chaleur renforçait un peu plus chaque minute ne provenait ni du marais ni de ce que j'avais bien pu y faire. François discourait encore :

— Et si j'entamais une grève de la faim pour protester contre l'être humain...

Il avait relancé son moteur, fendant la nappe de crabes morts.

— Crime de masse ! Si je tiens celui qui a fait ça... je ne lui ferai rien.

N'aimant plus les hommes, François avait cessé de leur vouloir du mal.

— Ma fille, je n'ai plus rien de terrestre, je suis liquide.

40.

Les mots de mes carnets, quand ils ne sont pas ceux d'une étrangère, sont ceux d'une illusionniste. Dans celui que je relisais au lever du jour, j'avais écrit :

— Je serai seule à aimer, ce sera une histoire de moi, avec moi, imaginée à l'insu de Jean.

Le matin était là, et je transpirais de plus belle. Je n'arrivais pas à me traîner jusqu'à ma douche. Les pensées de François ricochaient sur les pierres de ma chambre :
— Tu n'es pas seule à aimer, je suis là, moi qui, chaque soir, te cherche au fond d'un verre de pastis ou de marc de raisin. Moi qui t'offre des ruines de Rome et saignerai un jour du mouron rouge.
Son retour n'était pas pour tout de suite. L'horloge du village venait de sonner neuf heures, il ne revenait jamais avant midi.

41.

Jean refusait de croire à la sincérité de mon élan. Le soleil était écrasant et je m'opposais à ce que l'éclat de la lumière l'oblige à plisser les yeux.
— J'ai le droit de sortir mes lunettes de soleil ? m'avait-il demandé.
— Surtout pas.
Il avait souri en ouvrant un bouton de sa chemisette.
— Et ça, j'ai le droit ?
Celui de la dégrafer entièrement, puisque j'attendais d'embrasser le sein que l'oiseau-mouche avait meurtri. J'avais porté mes mains à son torse, emmêlé mes doigts

sur sa boutonnière. Il m'avait saisie par les poignets pour m'empêcher d'aller plus loin.

— S'il vous plaît, arrêtez, je ne sais même pas qui vous êtes et puis, j'ai déjà quelqu'un.

Oh, c'était donc ça, contrairement à moi, il n'était pas seul dans son lit. Dans le mouvement de ma tête qui retombait, dans le gémissement qui s'échappait de mes lèvres, il avait senti ma peur incontrôlée de ne plus pouvoir me passer de lui.

— Je ne saurai plus jamais vivre sans vous, avais-je murmuré.

— Mais qu'est-ce que vous racontez ? Nous n'avons jamais vécu ensemble. Vous sortez comme par magie des roseaux un jour où je suis vulnérable et vous vous imaginez que c'est pour la vie. Mais ça ne marche pas comme ça...

Mes yeux s'étaient emplis de larmes, sûrement criaient-ils famine.

— Calmez-vous.

Il s'était redressé. Son parfum m'avait enveloppée, doux et léger.

— Allons nous promener.

42.

J'avais rouvert mon tiroir et étudiais la nage de mon syngnathe. Peut-être qu'en adoptant ses reptations, j'atteindrais ma douche. Je ne désirais plus me débarrasser de l'odeur qui imprégnait maintenant mes cheveux, j'espérais simplement me rafraîchir.

François avait remis son pantalon ciré et ses bottes de pluie :
— Ma fille, la prochaine étape, c'est la montée des eaux.

Mes souvenirs sont-ils le fruit de mon imagination ? Je redoute la perte de mémoire et l'oubli des mots. Alors, je réinvente le monde, exigeant d'êtres privés de parole – anguilles, mouettes, syngnathes, François, dont le bruit du moteur recouvre le verbe – qu'ils dissertent et se livrent à un examen de conscience.

43.

— Allez, on se bouge ! s'était exclamé Jean.
Je l'avais suivi sur la sente cachée par les joncs, allongeant mes pas afin de ne pas perdre sa trace. À l'abord d'une tourbière, il m'avait désigné tout ce que je connaissais

déjà, les tadornes de Belon et les bécassines des marais. Comme pour moi, la roselière n'avait visiblement aucun secret pour lui.
— J'ai grandi les pieds dans l'étang.
Avec son travail à l'usine, il avait néanmoins permis que les eaux douces envahissent les eaux marines.
— Alors, vous êtes traître à votre berceau, lui avais-je dit.
— Vous allez mieux, vous. Vous ne m'aimez déjà plus.

44.

Depuis quand la pluie n'a-t-elle pas rafraîchi l'air, cela se compte-t-il en mois ou en années ? Et où sont passés les yeux dorés qui devaient faire en sorte qu'elle s'abatte ?
Au lendemain des orages, les rues, parallèles ou perpendiculaires, dans lesquelles je ne me perds plus, sont barrées, par la même autorité qui protège les sternes naines et les butors étoilés. Le bitume disparaît sous les coulées sableuses et les branches arrachées aux arbres. Nimbées d'une lumière crue, la falaise d'argile, les tuiles des toits, les pierres des murs, ne sont plus ocre, elles suintent d'un épais liquide noir. Inondées d'étang et de déluge, les maisons souffrent dans leurs fondements.

Des tuyaux sortent de terre pour dissiper les fluides qui vandalisent leur sous-sol et leur rez-de-chaussée, les pompes de relevage ont des borborygmes de purge. Un vieux pêcheur qui se hasarde au-dehors a sorti ses bottes, sa vareuse et son écope :
— Ce matin, le village est un organisme vivant, il est composé à quatre-vingt-dix pour cent d'eau. Regardez, ses substances collent à mes bottes...
En marchant, il soulève des paquets d'une boue huileuse.
— Nous sommes peu de chose, hein ? Heureusement, je possède une barque.
Mais les barques aussi prennent l'eau. Dans le port, un petit voilier a coulé, seul son mât perce la surface.
— Oh, oui, nous sommes peu de chose...

45.

Jean et moi nous étions assis sur la plage de coquillages, adossés à la clôture délimitant l'aire de nidification des oiseaux migrateurs. Devant nous, l'étang était secoué de vaguelettes.
— Il ressemble à la mer, c'est à s'y méprendre.
Ses phrases toutes faites infusaient l'atmosphère. Au bout de quelques minutes, comprenant que le silence entre nous ne serait jamais un problème, il les avait gardées

pour lui. Ou encore pour d'autres, à qui il pourrait les dire plus tard. Et plus certainement, pour la personne qui partageait son lit.

Je demeurais seule dans le mien, détrempé. Pas d'autre moyen pour sauver ma peau que de me lever et rejoindre ma douche.

46.

François avait délaissé la centrale hydroélectrique et s'était dirigé à l'est de l'étang, vers une usine pétrochimique où il avait déposé des filets à la sortie d'une buse d'évacuation.
— C'est parce que tout le monde veut de l'eau chaude que la centrale doit tourner et que la lagune est privée de salut.
Des bulles graisseuses cloquaient la surface, s'accrochaient aux mailles de ses verveux.
— Pouah, qu'est-ce que ça pue ! C'est le propre de la raffinerie moyenne de schlinguer...
À cet endroit désolé, les poissons se nourrissent d'algues que les hydrocarbures font pulluler et grossir, François n'en ignore rien.
— Qu'est-ce que j'en ai à foutre, moi, que mes prises soient

gavées de métaux lourds, il faut bien que je mange ! Sauf si j'entame ma grève de la faim...

47.

Les jours suivant une averse, l'étang est fermé aux hommes, trop de bactéries se développent dans les eaux pluviales.
Je passe outre l'interdiction, prends ma planche et ma pagaie.
La surface est étale et miroitante, comme si tout le mercure concentré dans les tissus des poissons s'y était soudainement répandu.
Je rame jusqu'aux cormorans et aux aigrettes garzettes. Des figues flottent par dizaines. J'en attrape une, gonflée et blanche, pour la croquer. En plus du sucre, la vase envahit ma bouche. Repue de limon, je m'allonge sur ma planche, un de mes bras repose délicatement sur l'onde. Il me faut quelques instants pour m'intéresser à son reflet. Tout y est, des taches de rousseur au duvet blond qui frémit.
Un cormoran plonge et brouille le message.
Mais le calme revient bientôt, plus pesant encore.
Le bras du miroitement, à l'inverse du mien, appartient à une personne qui évolue sur le ventre, le visage immergé.

J'y regarde de plus près : « Tiens, il y a une noyée en moi. »
La noyade, avant le stade où j'enfle et je bleuis, me va bien. Mais je ne veux pas être morte pour toujours. Alors je bouge un doigt et des cercles concentriques se forment sur l'eau, me rappelant que tout vit, un mouvement infime que les aigrettes aussi endurent, elles s'envolent en groupe vers un autre continent.
Moi, je rentrerai dans quelques heures, j'ai tout mon temps.
Après un orage, l'accalmie dure des siècles.

48.

Tout était dans les yeux de Jean, il ne me croyait pas.
— Et si leur couleur vous trompait...
Le doré, d'abord on ne voyait que lui, mais ensuite, il fallait se rendre à l'évidence, son regard était bien renseigné, détenait un secret propre aux espaces vierges.
— Mes yeux seraient une terre encore jamais foulée ?
— Par moi, jamais.
— Si vous y entriez, ce serait en conquérante, non ?
— Pas du tout, je laisserais tout en l'état, les roseaux se referment toujours après mon passage. Bon, d'accord, il

se pourrait que je m'assoupisse quelques instants sous un bosquet de genêts jaunes.
— Il y a donc des bosquets de genêts jaunes dans mes yeux...
— Des genêts jaunes, des bugranes sans épines, des ophrys de la voie Aurélienne.
— Tout ça ?
Son sourire moqueur était revenu.
— Dans vos yeux à vous, il y a une cicatrice qui ne part pas.
— C'est à cause de la conjonctivite granuleuse que j'ai attrapée cet hiver en exposant mon visage au mistral.
— Vous faites semblant de ne pas comprendre, hein ?
— Tiens, vous parlez comme Marie.
— Qui est Marie ?
— Une amie qui vit dans la roselière et qui voudrait mourir avant l'étang.
Je m'étais évidemment gardée de lui dire qu'elle et Youssef le croyaient con.
— Votre regard est triste, mais votre sourire est beau.
— C'est ce qu'on dit. Il est à la disposition de qui veut, pour un usage récréatif.
— Vous êtes crâneuse, hein ?
— Ouais, paraît-il aussi... Mais qu'est-ce que cela a à voir avec le fait que vous avez l'étang et la roselière dans les yeux ?
— Tout simplement qu'avant de cueillir des genêts là où

ils ne sont pas, vous devriez tenter de savoir qui je suis. Il m'avait laissée poser une main sur sa joue. En plus d'être mordorée, sa peau était douce.

— Vous ne voulez pas que nous fassions plus ample connaissance ?

Encore une phrase qui ne valait rien. Nous avons entendu un cri d'oiseau de mer. Plus aérien, plus gracieux, plus rapide que le rire de la mouette, chantant pourtant le même appel du large. Où était cette sterne naine qui l'avait poussé ? Elle volait au ras de l'eau, menue et fragile dans les embruns, sa petite queue tout agitée. Une autre suivait, avec dans le bec un poisson minuscule qui semblait peser bien plus que son poids.

— Celle-là va se faire engloutir par une vague, avait dit Jean.

Nous avions vu l'oiseau lutter et sortir vainqueur.

— Ainsi, je ne tue pas tout, les sternes naines sont sauves, s'était-il réjoui.

Je regardais une coccinelle progresser dans un bouquet de camomille maritime. Tout était trop beau pour être vrai, quelque chose clochait. Jean aussi était troublé :

— Attendez, ce ne sont pas des gravelots, ça ?

Deux gravelots à collier interrompu s'étaient posés derrière nous. D'après les derniers recensements, seuls trois couples nichaient sur le territoire. J'étais sur le qui-vive, attendant un retour brutal à la réalité, l'apparition soudaine de canaux de drainage, l'épanchement de la grosse rivière, la fin annoncée de la nature, à l'instar de l'amour impossible que je comptais vivre.

— Je ne sais pas quoi vous dire sur cet amour dont vous rêvez, il est un peu précoce, s'était excusé Jean.

— Moi, je sais.

Nous étions restés muets un long moment, laissant venir et repartir les oiseaux.

— Je sais que vous ne m'aimerez pas, avais-je finalement dit dans un souffle.

49.

— Réveille-toi, bécasse !

Marie sait être tendre avec moi. Je l'avais retrouvée après avoir quitté l'homme que j'aimais.

— Que tu aimes ? s'était-elle récriée.

D'accord, ça avait l'air bizarre dit comme ça.

J'avais raccompagné Jean à sa moto. Il m'avait tutoyée pour me balancer une phrase dont je n'étais pas certaine qu'elle soit très encourageante.

— Ma place est dans ce que je vis. La tienne dans ce que tu rêves.

Pour finir, il avait déposé un baiser sur chacune de mes joues.

— C'est quoi, ce truc ? lui avais-je demandé en reculant.
— Tout bêtement une bise.
Il avait ri puis avait démarré sa moto.

50.

— Tu t'entends parler ? m'avait dit Marie. L'univers est en constante expansion et lui, par un élan banal, a tout rétréci ? Pauvre enfant, il te fait la bise et ton monde s'effondre.
— Notre monde à tous, pas seulement le mien.
Et de toute façon, quel conseil pouvait-elle bien me donner alors qu'elle promenait le paon de Youssef en laisse ?
— Pourquoi tu le balades comme ça ? lui avais-je demandé.
— C'est très simple, puisqu'il a décidé de changer de nature en cessant de crier, j'ai décidé, moi, de le traiter autrement qu'en paon. Il y avait cette vieille laisse suspendue à une patère, j'ai choisi d'en faire un chien.
L'oiseau frétillait de la queue, Marie le flattait d'une caresse sur la houppette :
— Gentil, le paon, gentil.
Nous étions descendues jusqu'à l'élevage, les oies cacardaient et se démenaient contre un tadorne de Belon qui

avait profité d'un trou dans le filet de protection pour tamiser la vase à la recherche de coquillages.
— Elles ne sont pas bien malignes, ces oies, elles ne savent pas que ce canard est un de leurs plus proches parents, pestait gentiment Marie.
Les oisons étaient tous regroupés dans un renfoncement formé par une pierre moussue, rentrant leur petite tête jaune dans leur corps déjà brun.
— La vie est jolie quand même, non ?
— Oui, Marie, la vie est jolie.

51.

Babeth est propriétaire d'un commerce d'articles de pêche au centre du village et elle avait une théorie.
Babeth vend toutes sortes d'appâts vivants et naturels, des vers qui se tortillent dans des caisses en plastique, empilées les unes sur les autres.
Babeth fait aussi office de relais colis, d'ailleurs elle ne vit plus que de ça.
Normalement, elle ne me parle jamais, sauf cette fois-là où, de sa voix rauque, elle s'est bel et bien adressée à moi :
— Tous les matins, je me baigne nue dans l'étang...
Je jouais avec un siponcle qui depuis des mois évoluait dans un aquarium qu'elle entretenait avec soin, aucun

pêcheur n'en avait encore voulu, parce qu'il coûtait deux euros cinquante et qu'un prix pareil, pour un ver qui ne se gardait que cinq jours dans le bac à légumes du réfrigérateur, c'était se foutre de la gueule du monde.
— Pardon ? lui avais-je demandé en reposant le siponcle dans le sable mouillé.
Elle me souriait de sa bouche trop large, de ses dents trop jaunes :
— Tous les matins, je me baigne nue dans l'étang...
— Et c'est pour cette raison que tout est en train de mourir ?
— Oui, parce que je pompe leur énergie aux anguilles et aux palourdes.
— Tu dis n'importe quoi.
— Peut-être et c'est bien pour ça que je ne t'adresse jamais la parole.
Elle avait disparu sous son comptoir, en était ressortie avec une boîte de néréides de roche.
— Tiens, cadeau !
— C'est pour moi ?
— C'est pour toi mais juste pour un instant. Disons que je te permets de mettre la main dedans...
— Je ne suis pas certaine de vouloir.
— Bien sûr que tu veux. Et puis, si tu le fais, je te parle encore.
J'avais enfoncé ma main dans l'amas grouillant.
— O.K., tu mérites mes bonnes paroles. Si tout crève,

c'est évidemment parce que je fais relais colis et que la terre entière le fait avec moi.
— Ouais, ça se conçoit.
— Ça se conçoit, ça se conçoit, c'est l'unique et simple vérité. Et si je nage nue tous les matins, c'est pour me laver de cette haute trahison, tu piges ?
Babeth et moi avons sensiblement le même âge, mais sa vie a dû être d'un tout autre ordre que la mienne.
— Toi, t'es de la trempe d'une chichiteuse qui aurait du courage et c'est assez rare.
— Cela fait des années que je viens dans ta boutique...
— Sans jamais rien m'acheter, je te rappelle. T'es toujours là, à regarder mes vers et mes leurres, paumée entre le vrai et le factice, le vivant et le mort.
— Tu veux que je te prenne une canne à pêche ?
— C'est ça, prends-moi une canne à pêche ! Donc, cela fait des années que tu viens dans ma boutique et ?
— Et c'est la première fois que tu me parles.
— Ben ouais. C'est à cause de tes très gros yeux, on dirait qu'ils sont pleins de savoir, qu'ils sont dans le secret des dieux. Sauf que depuis quelque temps, je m'aperçois qu'ils errent dans le vide. Allez, replonge une dernière fois ta main dans les néréides, faut que je les remette dans leur seau d'algues humides.
J'avais replongé ma main dans la boîte de vers marins, ils me suçaient les doigts.
— Ça ne te fait pas trop chier ?

— Quoi ?
— Que l'étang ait déjà une sirène et que ce ne soit pas toi ?
— Non, pas vraiment.
— Tu sais, il suffirait que tu nages nue tous les matins avec moi pour devenir ma petite sœur. Tu chantes comment ?
— Mal...
— Je vais te dire un truc, les sirènes des lagunes, c'est comme les muges, ça la ramène pas. Quand on en sait trop, de toute façon, vaut mieux se la fermer, pas vrai ?
Elle avait décroché une épuisette du plafond.
— Tiens, cadeau !
— Pour un instant ou pour toujours ?
— Pour toujours.
— Babeth, je n'irai jamais à la pêche aux palourdes mortes.
— Bah, tu iras à la chasse aux papillons.

52.

Je me suis glissée au pied de mon lit. Malgré le carrelage qui brûlait comme l'air, j'ai rampé jusqu'à ma douche.
— Si tu tires de l'eau, je le saurai. Cela formera un vortex au centre de l'étang.

Je présumais que les émanations de la pétrochimie altéraient les facultés de François.
La centrale hydroélectrique n'avait pas besoin de turbiner pour moi, l'eau qui coulait du pommeau était froide, crachotante aussi.
— Tu te racontes des histoires. La plus anodine de tes consommations réclame que la lagune fléchisse. Si tu ne te douchais plus, je crois que je t'en aimerais davantage.
De ses verveux calés à la sortie des buses d'évacuation, il avait dégagé trois gros loups et une civelle. Les loups étaient morts asphyxiés, la civelle se tordait encore.
— D'accord, je ne suis pas non plus blanc-bleu.
Je me savonnais, l'odeur acrimonieuse de la nuit quittait ma peau.

53.

Comment définir le désordre qui prévalait chez nous tous ?
Un jour, François m'avait surprise au niveau de la digue, pliée au-dessus de l'étang.
— Qu'est-ce que tu fais ? m'avait-il demandé.
— Chut... lui avais-je dit en lui montrant l'objet de mon attention.
— Mais enfin, qu'est-ce que tu lui veux à cette herbe ?

— Une herbe, quelle herbe ?
Je pensais suivre la progression d'un syngnathe. Or, il s'avérait que depuis vingt bonnes minutes, j'observais une plante dérivant dans le courant. François était navré.
— Tu as vraiment cru que c'était un poisson ?
— Ben, ouais.
— C'est que ça ne va pas très fort en ce moment ?
— Moyen, chacun s'arrange avec la réalité, chacun se maintient en équilibre comme il peut.
— Ma fille, comment veux-tu stabiliser du sable de rivière ?
— C'est qui le sable de rivière, c'est moi ?
— C'est toi, c'est moi, c'est nous tous qui naissons et mourons.

54.

Marie m'avait tendu la laisse du paon, qui me regardait avec des yeux de chien battu. S'il avait décidé de ne plus crier, il me parlait encore, philosophe comme pas deux :
— Je crois que j'ai besoin d'une cure de sommeil.
Grimpée sur un escabeau, Marie tentait de rafistoler le filet de protection. Pourquoi ne faisait-elle pas d'abord sortir le tadorne de Belon ?

— Parce qu'il est beau et que je veux le garder pour moi.
— Pour qu'un jour, tu le transformes en chien lui aussi ?
— Tu as raison, vas le libérer. C'est la vieillesse qui me pousse à m'entourer de toutes sortes de compagnons, et surtout de chiens. Dis, tu n'oublies pas que je dois mourir avant l'étang ?
J'avais accroché la laisse du paon à un pieu. À l'intérieur de l'enclos, les oies cendrées m'avaient crié dessus, battant des ailes pour m'intimider. Juchée au-dessus de moi, Marie m'encourageait :
— Ne te laisse pas impressionner par leur clameur, elles n'ont pas d'autres armes.
Contrairement aux oies, le tadorne de Belon m'avait laissée approcher, conscient qu'en ce lieu, sa volée était empêchée. Je l'avais saisi d'un mouvement vif et attentif à la fois.
Marie applaudissait à mon exploit :
— Quand tu es réveillée, tu es réveillée !
J'étais ressortie le canard serré contre ma poitrine.
— Tu vas donc permettre qu'il s'envole loin de toi ? m'avait demandé Marie.
J'avais ouvert mes bras et le tadorne de Belon s'en était allé.
— Comment aurais-je pu le retenir, hein, dis-le-moi, Marie ?
— Ton Jean, tu sais, je crois qu'il ne t'aimera jamais en retour...

Marie déraillait peut-être, voyant dans toute chose un présage. Mais elle avait raison, Jean ne m'aimerait pas. Ça, je le sentais.
— Alors, tu disais vrai, c'est notre monde à tous qui en souffrira, avait-elle ajouté d'un air triste.
J'avais dit ça, moi ?

55.

J'aime Jean pour les pensées qui sont au bord de ses lèvres et qu'il n'énonce pas. Captif de sa pudeur, en dehors des phrases toutes faites, des formules apprises par cœur, il se tait. Je le regarde avec une immense curiosité, guettant l'instant où il se libérera et où les mots qui lui échapperont formeront un poème, du simple fait qu'ils contrarieront son ordinaire.
Le jour où il me croira, où il aura confiance en moi, il s'émancipera du principe de réalité. C'est en tout cas ce que je me dis. Demain ?

56.

L'eau de ma douche s'écoulait depuis de longues minutes, comme si elle dévalait le sommet d'une montagne. Elle grondait dans la plomberie et je me demandais si elle n'avait pas été coupée durant la nuit en raison de la sécheresse déclarée.

— Ma fille, tu es en train de siphonner la lagune.

Par-dessus sa barque, ayant atteint le secteur où s'entassent les limons entraînés depuis le massif lointain, François voyait le fond se rapprocher.

— Ton expertise est nulle et non avenue, ce ne sont pas les sédiments qui s'accumulent, c'est toi qui nous pompes toute l'eau !

Peut-être voulais-je réduire l'étang à l'état de flaque.

— À moins que ça, oui ! Tu vas tant nous l'appauvrir que nous n'aurons plus devant nous qu'un mirage.

J'aurais dû mettre un terme à ma douche, seulement j'avais encore besoin d'eau froide sur ma tête.

— Tu veux que je te la rafraîchisse, moi, ta mémoire ?

Que savait François que j'ignorais ?

— Tout. D'ailleurs tu n'as qu'à me tester. Demande-moi ce que tu veux.

S'il pouvait me dire l'odeur de mon lit.

Puisque c'était moi qui faisais parler François, ce qu'il savait du parfum de mes draps, je le savais aussi. Mais il fallait d'abord que je revienne à Marie.

— Tu vas le revoir ? m'avait-elle demandé.
Elle espérait encore que les yeux de Jean ne triompheraient pas.
— Oui, parce que personne ne m'a jamais autant plu et de façon aussi immédiate.
— Tu entends ça, elle préfère courir après une chimère que se fier à la permanence des sentiments de François...
Elle continuait de s'adresser au paon de Youssef tenu en laisse, son reproche m'apparaissait tout aussi inepte que son tirage de tarot.
— Tu parles à un paon, tu tires les cartes, et c'est moi qui cours après une chimère ?
— L'as-tu ou non rencontré, l'Hermite ? Tu l'as rencontré, donc mes cartes disaient vrai et maintenant, tu t'accordes le droit de réécrire les lois du genre.
— Les lois du genre ?
— Tout à fait, tu bouscules l'ordre établi !
— Tu te fous de moi. Qui change un paon en chien et renouvellerait bien l'expérience avec un tadorne de Belon ?
— Ça n'a rien à voir. Il ne faut pas aimer ceux qui ne peuvent pas nous aimer en retour, car c'est se faire du mal. Et se faire du mal, c'est en faire à tous les êtres qui nous entourent, c'est troubler et noircir les eaux de l'étang.
Le paon tirait sur sa laisse, il avait reconnu quelqu'un derrière nous à qui il voulait faire la fête.
Youssef se tenait droit dans les roseaux, une branche de

genêt jaune dépassait au-dessus de sa tête et le parait de lumière :
— À attendre qu'il t'aime, à faire de lui le sujet et l'objet de ton désir égoïste et égocentré, sans même t'intéresser à ses attentes, tu vas précipiter la destruction de ce qui devrait être exempté de notre soif de possession.
Sûrement revenait-il du Cercle des Pêcheurs pour asséner des mots pareils.
— Tu sens le fenouil, lui avais-je simplement répliqué.
— Normal, j'en ai ramassé sur le chemin.
Il avait retourné ses poches, des feuilles de fenouil sauvage s'étaient éparpillées au sol. Je le trouvais d'autant plus injuste de m'imputer tous les fléaux de la terre.
— Marie et toi agissez exactement de la même manière avec moi, vous voulez me plier au désir de François !
— C'est très différent, tu n'es pas du tout l'objet du désir de François, tu es la raison de son élan solidaire.
— Qu'est-ce que c'est que ces conneries, cela fait des années que tu me rebats les oreilles avec l'amour de François et voilà qu'il ne s'agit plus que d'une mission humanitaire ?
— Tu m'as mal compris, il t'aime, oui, mais d'un amour plus grand que l'amour, d'un amour qui embrasse tout le genre humain.
— Mais François n'aime plus les hommes !
— Tu as raison, il ne les aime plus ou alors, tous à travers toi.
Youssef et Marie créaient et appliquaient un nouvel ordre

moral, sinon les feuilles de fenouil étaient un leurre et Youssef était complètement saoul.
— Tu peux me le dire, tu as bu ?
— À peine.
Découvrant enfin son paon au bout d'une laisse, ses yeux s'étaient embués d'attendrissement.
— Mais d'où sort ce joli petit chien ? avait-il demandé.
— D'accord, tu es bourré comme un coing.
Marie lui avait souri et ils étaient repartis main dans la main, me plantant là. Le paon les avait suivis en jappant.
— Tiens, il parle à nouveau ! rigolait Youssef.
J'étais consternée.

57.

Ramassée dans ma douche, j'étais tentée de laisser couler l'eau, pour aggraver mon cas et celui de la lagune. Pour me moquer de tout ce qui adviendrait, de tout ce qui était déjà advenu, de la mort des anguilles, de la mort des palourdes, du refus de Jean de m'aimer.
— Concentre-toi un peu, ce n'est pas son refus de t'aimer mais ton besoin d'aimer quelqu'un qui ne t'aime pas qui fait souffrir le monde. On ne peut pas dispenser de l'amour dans le vide alors que, justement, la planète crève d'une pénurie d'amour.

François était-il en train de catéchiser l'ensemble des peuples de l'étang ? Il m'avait affirmé que s'envoyer en l'air était le seul moyen de faire trembler le monde et voilà qu'il ne fallait plus faire l'amour pour rien.
Il s'approchait d'un rocher sur lequel de grands cormorans prenaient le soleil.
— Oiseaux, je dois vous avouer qu'une montée de sève ne nécessite pas toujours un amour réciproque. La diversité biologique, non plus.
Ouf, il ne se prenait pas pour le messie.
— Envoyez-vous donc en l'air !
Épouvantés, les cormorans s'étaient envolés.

58.

Dans mon métier de journaliste, j'ai toujours joué avec la confusion, trouvé la vérité au creux des narrations chaotiques. Combien de fois Mathieu m'a-t-il demandé de ranger un peu mes affaires, tout en me mettant à l'aise :
— Ne t'inquiète pas, je vais t'écrire un titre et un chapeau qui permettront au lecteur de passer directement à l'article suivant.

Laissant derrière moi l'élevage de Youssef, j'avais de nouveau progressé sur les sentes impraticables de la roselière, jusqu'à me perdre et arriver à une vasière que je n'avais encore jamais repérée. Elle était truffée de gravelots à collier interrompu et c'était incompréhensible, seulement six de ces individus avaient été jusqu'alors répertoriés.

Je faisais couler ma douche plus fort pour cesser d'entendre François. À mesure que l'air s'évacuait des canalisations, que l'eau retrouvait sa pression normale, les brumes se dissipaient.

59.

En secret, j'espère un dénouement où je serai en règle avec les êtres qui peuplent mes calepins, où je serai libérée de mes obligations envers les hommes et les mouettes. Oui, je rêve d'une fin heureuse. Pour les histoires vraies et celles que je feins.

J'ai bondi hors de ma douche et me suis précipitée, ruisselante, dans ma chambre. De mes doigts mouillés, j'ai tourné les pages de mon carnet, pensant éteindre les mots de fournaise qui y étaient inscrits.
« L'étang est vicié et nos vies aussi. »

Avais-je vraiment écrit cela, nos vies *viciées* ?
François niait toute influence, tout abus de faiblesse :
— Ne t'imagine pas que nous t'avons poussée, malgré toi, à rédiger les articles fondamentaux d'une nouvelle religion.
Mon vocable me sautait à la figure.
Ma fille.
— Appelle-moi plutôt *mon père*, se moquait François.
Mœurs discrètes et humbles.
— Mais quelle crâneuse, celle-là !
Une fois, j'avais vu une libellule mâle attraper une libellule femelle par la tête pour s'accoupler. Une autre fois, une mante religieuse femelle, dévorer une mante religieuse mâle, s'attaquant elle aussi au triangle céphalique.
Bâton de procession.
— Tu sais où je me le mets, ton bâton ?
J'avais regardé les yeux protubérants de la mante religieuse mâle éclater sous les mandibules de sa partenaire.
Excommunication.
— Sors de l'étang tout de suite, si tu veux devenir un homme !
Par quel tour nous étions-nous extraits de la nature ? Qu'une religion nous place au centre de tout ou qu'une autre décide de nous remettre au bon endroit, c'est nous qui restons aux commandes.
L'effet de ma douche passé, mon coup de chaud était revenu. Alors, je voulais bien répondre aux sarcasmes

que je plaçais dans la bouche de François.
— De quelle religion parles-tu ? Selon toi, les ruines de Rome seraient la chute d'un empire ? me disait-il.
— Peut-être bien.
— Attends un peu, tu ne m'aurais pas, par hasard, piqué ma fiole de marc de raisin ?
— Je ne bois que de l'eau.
— Malheureusement, celle de la lagune est trouble.
Avais-je abandonné l'amour et la sexualité parce que je me croyais responsable de la dégradation d'un écosystème et que seules l'austérité et la mortification sauveraient l'étang ?
— Bien sûr, et les griffures que l'on voit sur tes jambes résultent quant à elles d'une séance de flagellation...
Au creux du marais, nous avions tous dégénéré, donnant à la faune et la flore des qualités surnaturelles, les mouettes parlaient et me réclamaient des loyers de retard et avant d'agoniser, les anguilles me lançaient des insultes :
— Pauvre cloche !
Mon carnet était un évangile, vie et message d'un émerveillement devant les chevaliers gambettes et les sternes naines. Comment François pouvait-il militer pour le droit des anguilles et des palourdes à l'autodétermination et faire dire Raoul à un paon ?
— Mais tu délires complètement, je n'ai jamais fait dire Raoul à un paon, je suis un simple observateur de la vulnérabilité de notre environnement.

— Tu as obligé le coquillage le plus pacifique du monde à te cracher dessus.
— Je ne l'ai obligé à rien, il m'a vraiment balancé des glaires à la figure !
— Tu as tiré des simples et des onguents d'un hippocampe.
— Quoi d'autre encore ?
— Mangé des grains blancs et des levants !
— C'est ça, et quand j'aperçois un vol de pluviers dorés dans le ciel, je referme bien mon ciré de crainte qu'une pluie d'or ne s'abatte sur moi.
— Tressé des couronnes de fleurs pour communier.
— Oh, et puis, tu me fais chier, à la fin !
— Sais-tu avec quoi j'ai confondu l'émotion que me procure la vue d'une bécassine des marais ?
— Avec de la gratitude, j'imagine.
— Voilà, j'ai rendu grâce à tous les êtres de la roselière.
— Évidemment, en extase.
— Tu ne crois pas si bien dire, nous avons sacralisé, et par là humanisé, notre environnement, sans le respecter.
— D'après toi, nous aurions assimilé le cycle de l'azote de l'étang à un souffle divin ?

60.

Je reniflais mes draps.
— Tu la reconnais maintenant, cette foutue odeur ? me demandait François.
Sans conteste, celle de l'amour et du sexe qui balaie la terre entière.
— Comment ne l'as-tu pas reconnue tout de suite ?
— Parce que j'étais trop imprégnée des remugles du marais.
— Contrite et repentante, assujettie par le nouvel ordre moral des roseaux, pas vrai ?
Ainsi, j'avais couché avec quelqu'un. Cette nuit, j'avais été vivante parmi le vivant. J'avais opéré un changement global, une modification de mon être qu'accompagnait le réchauffement climatique.
— Tu as fait l'amour, d'accord, et tu ne sais même pas avec qui.
Oui, au fait, à quel organisme le mien s'était-il frotté ?
— Je te connais, tu as la trouille que ce soit avec moi.
Il me semblait bien avoir embrassé des lèvres et un sexe humains.
— C'est finalement tout à ton honneur d'avoir fait l'amour dans le vide.
Ai-je aimé en général ou quelqu'un en particulier ?

61.

Jean et moi avions fini par échanger nos numéros de téléphone et un matin, j'avais reçu un message. « Retrouvons-nous cette nuit à la cascade de la centrale. » Début juin, la roselière était devenue infranchissable. Les joncs s'étaient mis à me recouvrir et à m'aplatir au sol. Sur toute la longueur du sentier, j'avais dû me plier et parfois m'accroupir. Je transpirais à grosses gouttes, la canicule était précoce et l'épaisseur des roseaux déroutait le moindre filet d'air venu de la lagune. Une sauterelle s'était posée sur mon bras. De ses pattes et de ses antennes, elle frottait mon duvet blond. Elle avait attendu la sortie du corridor pour s'élancer. J'aurais bien voulu qu'elle reste afin de montrer à Jean que le cœur des insectes battait encore, même si aucun d'entre eux n'avait jamais été pourvu d'un réel système circulatoire. Quand je l'avais retrouvé, il était adossé à la clôture de la centrale.

— Tiens, te voilà...

Il n'avait toujours pas compris que je l'aimais ou alors, il faisait semblant.

— Tu es griffée de partout.

Les lumières de l'usine étaient blanches, les égratignures des roseaux ressortaient bien rouges sur ma peau bronzée.

— Tu veux te fondre dans la nature ou t'y évanouir ? m'avait-il demandé.

— Y mourir peut-être.

— Jamais tu ne t'arrêtes de frimer, hein ?
Il me souriait de sa moue ironique et moi, je voulais apprendre les traits de son visage.
— Écoute et regarde, ça arrive ! s'était-il exclamé en m'entraînant vers la rampe.
L'eau de la grosse rivière prenait la pente et dans un vacarme assourdissant, turbines et chute mêlées, se précipitait vers l'étang.
— C'est impressionnant, non ?
Jean criait dans mes oreilles, forçait sur sa belle voix basse. J'avais attrapé son bras et l'avait attiré plus loin, dans le bois de pins jouxtant l'usine. De là, on distinguait encore la lagune et le flux d'eau douce qui la perturbait. La colonne de sédiments se déployait à la surface de l'étang, je la trouvais arrogante et effrayante. Dans les profondeurs, la faune et la flore seraient bientôt privées d'oxygène.
— Tu sais, il n'existe pas de moyen plus propre de produire de l'énergie, il faudrait juste que nous ralentissions la cadence, que nous n'allions pas au-delà de ce qui est acceptable, que les anguilles et les daurades coexistent dans une eau saumâtre.
Je refusais qu'il se justifie, puisque j'étais amoureuse de lui.
— Quand tu marches dans la roselière, tu écrases bien des fourmis, toi ?
— Non, jamais.

— Bien sûr que tu écrases des fourmis.
Je voyais ses yeux briller dans le noir, ils étaient attentifs.
— C'est le prix à payer pour que tu puisses t'extasier devant un martin-pêcheur.
— C'est vrai, alors, j'écrase des fourmis.
— Oui et ce n'est pas très grave, puisque tu t'effaces à l'approche des flamants roses pour ne pas les déranger.
À condition d'observer le silence à l'abord des flamants roses, je pouvais pulvériser de temps à autre des insectes. Je devais également être discrète avec les avocettes et les chevaliers gambettes. Plus encore avec les sternes naines et les poussins pluviers dorés.
— Je regrette l'extinction des insectes, mais je n'ai aucun scrupule quand ils se brisent les ailes contre la visière de mon casque, parce qu'en roulant, je respire les odeurs de sel, ressens l'humidité des rizières, regarde les graminées sauvages se balancer dans le vent...
Il ne parlait pas ainsi quand il souffrait de l'oiseau qui avait percuté sa poitrine. En avait-il discuté avec la personne qui partageait son lit et qui lui avait fait retoucher terre ?
— En travaillant pour cette centrale, je participe en connaissance de cause au déséquilibre d'un écosystème.
— Mais tu en fais quoi, de la mort des palourdes, après celle des anguilles ? l'avais-je interrogé.
— Si elles meurent vraiment toutes, nous mourrons avec elles. Attendons de voir...

Il avait pris mon menton, déposé ses lèvres sur les miennes.
— Là, tout de suite, je suis du côté de la vie.
J'avais espéré qu'il pousserait son baiser plus loin, mais il s'était dégagé.
— À bientôt.

Est-ce par supercherie que j'associe la mort des palourdes à cet amour impossible ? Quelle idée à la con.

62.

J'en frémissais encore, cependant rien dans mes notes ne me permettait d'affirmer que c'était avec Jean que j'avais couché.
— C'est fort, ça, ne pas se souvenir d'un truc pareil.
François avait regagné notre côté de l'étang, il remontait le filet qu'il avait déposé devant la cascade de la centrale.
— Même pas une puce d'eau, rien que des algues !
Je voudrais la peau jaune sur la mienne, les yeux jaunes dans les miens, Jean tout entier dans mon corps.
— Et si c'était avec moi ? disait François. Réfléchis deux secondes, je suis semblable à lui. Moi aussi, je respecte le vivant en tentant d'en vivre.

63.

Quelle heure pouvait-il être ? Je n'ai pas attendu l'horloge du village pour le savoir. Mon téléphone était dans mon tiroir, à côté du syngnathe des lagunes.

— Si c'est une histoire sans lendemain, pense seulement au présent.

Voilà que j'avais encore doué la bestiole de parole. La douche froide n'avait donc servi à rien, mon poisson frit persiflait de plus belle.

— En revanche, si c'est le combat du siècle, il te faut voir loin.

L'écran de mon portable m'apprenait qu'il était bientôt onze heures. Mon quota de pêche naturalisée persévérait dans l'ironie :

— La poursuite du bonheur impose d'abord que l'on serre les mâchoires.

J'avais un message de Jean.

« Cela n'a pas assez duré entre nous, mais je crois que nous devrions en rester là. »

64.

Jean contrôle au mètre cube d'eau près les rejets de la grosse rivière dans la lagune, il sait tout mesurer, décréter ce qui est trop, ce qui n'est pas assez. N'empêche, alors que j'avais rêvé d'un simple baiser avec la langue, j'avais peut-être fait l'amour avec lui.

— Tu ressembles comme deux gouttes d'eau à un être humain.
Mon syngnathe continuait à déblatérer.
— Pour sûr que je déblatère. Tu voudrais quoi, que je piaule ?
Le cri des oiseaux par la fenêtre de ma chambre m'attirait vers le port. J'ai revêtu mon short et mon T-shirt de la veille, ils portaient l'odeur des zones humides, celles qui charment le grèbe à cou noir et la macreuse brune.
— Le pluvier doré aussi, non ?
Si seulement cette couleur, par les yeux qu'elle a élus, pouvait remettre mon monde à l'endroit.
— Peut-être est-ce toi qui, parce que tu n'as jamais connu le grand amour, en détiens tous les secrets ?
À quoi bon faire parler un syngnathe des lagunes si c'est pour entendre de telles idioties. Le grand amour, je l'ai connu, puisque j'ai longuement vécu avec Pierre. Enfin, longuement, neuf ans.
— Tu as raison, vivre avec et aimer, ça peut parfois aller de pair.
Durant ces années de partage, j'ai été très consciencieuse.
— Équilibrée, par ailleurs, non ?
Et joyeuse avec ça.

65.

Après le baiser de Jean et son départ, j'étais restée des heures et des heures sous les pins de la centrale, à me demander ce que ce rapprochement provoquait en moi, en dehors de l'envie que cela recommence et ne s'arrête plus. De sa queue, un poisson avait remué un amas de noctiluques à la surface de l'étang, créant dans son sillage une écume luminescente. Cette espèce de plancton se développe de façon exponentielle à la survenue de microalgues nuisibles qui contaminent les coquillages. La trace phosphorescente annonçait un péril, et moi, je n'y voyais qu'un prélude au grand amour, celui où j'aimerais Jean sans qu'il m'aime jamais. Et pendant ce temps-là, les palourdes mouraient.

Tout ce que je veux, c'est qu'en lisant ces lignes, Jean décide de venir me chercher.

66.

Le tour de mon syngnathe était passé, c'était à François de reprendre la parole :
— Si ça se trouve, Jean t'aimera… mais quand le paon de Youssef aura des dents !

Il venait de poser un filet et un seul, considérant que c'était assez si tout était mort, et amorçait son retour.
— Ma fille, il faudrait que tu t'habilles autrement si tu veux le séduire. C'est un gars d'ici, il aime forcément ce qui brille.
Mes vêtements étaient non seulement odorants, mais aussi auréolés de sel.
— Rêches d'une sortie en pleine nature...
Je suis infatigable, je marche et cours des heures durant. Mais je n'attendrai pas que des dents poussent au paon de Youssef.
— Faut vraiment que tu te raisonnes. À aucun moment, je n'ai voulu m'élever au-dessus de la faune et de la flore en leur vouant un culte. Rappelle-toi toutes ces aubes où tu es partie avec moi sur l'étang. Combien de kilos d'anguilles pouvais-je remonter dans mes filets en une seule matinée ?
Quatre cents. Parfois même six cents.
— Exactement ! Mes seaux remplis sont mon gagne-pain, pas ma chair.

67.

J'étais enfin sortie de chez moi, le soleil et la chaleur étaient accablants, et je n'avais rien pour noter la température, j'avais laissé mon carnet à la maison, le syngnathe coincé entre ses pages. Cette espèce est aussi connue sous le nom de poisson porte-plume. Je vis d'espoir et d'heureux hasards comme celui-ci.

Seulement, je dois taire ma joie de vivre pour ne pas attirer l'attention, pour ne pas effrayer mes contemporains.

68.

Combien de temps étais-je restée enfermée ? De la falaise d'ocre, les cigales chantaient si fort qu'elles devaient avoir débuté leur vie aérienne depuis plusieurs jours déjà, or il me semblait les entendre pour la première fois de l'année. J'avançais dans les ruelles du port, les persiennes étaient baissées, les chats errants, planqués sous les voitures.

— Miaou...

Tout n'était peut-être pas perdu, le nouvel ordre moral des roseaux n'était pas parvenu à évangéliser les chats qui continuaient à miauler au lieu de parler.

— Qui pourrait les asservir ? Je me souviens d'un vieux matou borgne qui attendait que je lui donne une part de ma pêche et qui m'a craché dessus parce que j'étais trop lent, racontait François.

À l'écouter, les palourdes et les chats avaient de la bave à revendre. Je me suis assise sur un casier, le dos appuyé contre son cabanon, là où il range ses filets, ses balises, ses cirés et ses bottes.
— Tout l'attirail dont j'ai besoin pour capturer les poissons. Entends bien, pour vivre, je pêche des anguilles !
J'avais embarqué sur son bateau à plusieurs reprises, plongé mes mains dans des bassines remplies d'anguilles pour y récupérer des crabes, des gobies, des muges, et les remettre à l'eau quand ils n'étaient pas encore morts.
— Rappelle-toi cette substance visqueuse sur ta peau.
Sur mon visage et dans mes cheveux, les sécrétions de défense des anguilles. Certaines filaient entre mes doigts, trouvant d'instinct les trous percés dans la coque, au-dessus de la ligne de flottaison, pour retourner à l'étang. Les cténophores et les méduses remontés dans les filets glissaient comme elles vers la poupe.
— Tu sais donc.
Oui, je savais que François vivait du vivant.

69.

Je tentais d'apercevoir son bateau dans le lointain, il ne devait plus trop tarder à rentrer, mais je ne voyais rien d'autre que les mouettes et les cormorans qui plongeaient dans l'eau. Quel était ce coin du monde censé péricliter, où tout était plus vivant qu'ailleurs ? De toute évidence, l'étang, le marais et la roselière sont des forces de la nature.

— Qu'est-ce que tu fais là ?
Youssef était planté devant moi, casquette plate vissée sur le crâne. D'où j'étais assise, je pouvais distinguer la terrasse ombragée du Cercle des Pêcheurs, une table seulement était occupée. Les hommes qui y étaient installés se sont tournés dans notre direction, encourageant leur ami à me parler.
— Tu ne serais pas mieux chez toi plutôt qu'en plein cagnard ?
— Si, je serais mieux, mais j'attends François.
— Pardon ?
— Oui, François, celui que tu espères tant que j'attende. Tu es content ?
— Très. Mais tu sais, il ne va pas rentrer avant encore une heure, tu veux prendre un verre avec nous ?
Depuis la tonnelle du Cercle, les vieux pêcheurs levaient une bouteille de pastis à mon attention.
— Tu oublies que je ne bois pas d'alcool, ai-je répondu.
— Pas par principe, mais par allergie, c'est ce que tu répètes tout le temps.
Youssef ne m'a jamais crue, persuadé que ma sobriété relève d'un calcul.

— Éméchée, c'est certain, tu serais capable de dévoiler tes sentiments les plus profonds.
Selon lui, si je ne m'enivre pas, c'est pour ne pas risquer de tomber amoureuse de François.
— C'est donc ça, le nouvel ordre moral des roseaux entend me soumettre en me faisant perdre le contrôle, ai-je rétorqué.
— Le nouvel ordre moral des roseaux ? Qu'est-ce que c'est encore que ce truc ?
— Une pluie de plumes dorées tombées du ciel.
— Tu ne réponds pas à ma question, la pluie tombe toujours du ciel.
— Un paon transformé en chien à qui on demande de faire le beau.
Son visage s'est décomposé.
— Mais tu n'as donc rien compris. Marie est atteinte d'une maladie neurodégénérative. C'est par chagrin que je l'encourage dans ses délires. Depuis quand as-tu cessé de comprendre, de faire attention à nous ?

70.

Marie est malade et incapable de dissimuler ses symptômes. Ai-je triché à sa place pour les besoins de la fable ? Écrire une déclaration d'amour n'autorise pas tout. Et certainement pas à ridiculiser une dame âgée, encore moins une vieille amie.

J'ai suivi Youssef jusqu'à la table du Cercle. Saïd, le pêcheur qui m'a un jour offert le syngnathe des lagunes, me souriait :

— J'espère que le syngnathe se porte bien.

— Pour un poisson mort, il tient le coup.

— Alors, je suis content. Tu veux boire un pastis ?

— Non, merci. En revanche, je ne suis pas contre un peu d'eau.

Il m'a servi le fond de sa carafe.

— À la tienne et à la santé de tous les poissons morts qui tiennent le coup !

Aucune autre parole n'a été échangée. Midi n'avait pas encore sonné et ils étaient déjà tous assommés de soleil et d'anis. Seul Youssef était animé d'un souffle vital, il me regardait comme s'il ne m'avait jamais vue, doublement stupéfait. D'abord, j'attendais François. Ensuite, je n'avais pas compris que Marie était malade.

— As-tu réellement cru que je prenais mon paon pour un chien ?

Non, je ne l'avais pas cru, et c'est de ça que je dois m'excuser. Peut-être Youssef lira-t-il ces lignes : Pardonne-moi, c'est l'amour qui m'a inspiré cette histoire.

71.

Deux jours après l'épisode de la cascade, j'avais envoyé un message à Jean, le plus banal des textos.
« Pourrait-on se revoir ? »
Sa réponse ne m'était parvenue que le lendemain.
« Je ne suis pas en situation de pouvoir t'aimer. La personne que j'aime est dans mon lit. »
Sans doute n'avait-il pas saisi le sens de ma question, parce que ce n'était pas du tout ce que je lui demandais. J'aspirais à la bêtise, mais je n'étais qu'à moitié débile, j'avais très bien compris qu'il ne m'aimait pas. Après les pins, je voulais simplement que nous testions l'ombre des oliviers, je désirais savoir comment ses yeux dorés composaient avec l'argent de leurs feuilles. S'ils brillaient d'une autre façon, peut-être y lirais-je le report de ses adieux.
« Oui, oui, la personne qui partage ton lit, le message est bien reçu. Je veux juste te revoir. »
Je m'étonnais d'écrire des mots si simples. Ça devait lui plaire, il répondait.
« Va pour après-demain, mais tu me promets de te tenir à bonne distance. »
Je tapais :
« Promis. »

72.

Avant de le revoir, j'avais sollicité Mathieu afin qu'il me trouve un sujet d'article qui pouvait concilier l'œuvre des hommes et l'œuvre de la nature. Je m'étais imaginé que si cette combinaison existait, mon entente avec Jean, qui produisait de l'électricité tout en admirant les pluviers dorés, trouverait son équilibre, même sans amour réciproque.

— Le vallon des contagieux, m'avait immédiatement proposé Mathieu.
— Le vallon des contagieux ?
— Exactement, le centre de traitement des déchets.
— Tu me conseilles d'écrire un article sur une déchetterie ?
— Quoi, c'est bien notre œuvre inégalée, tout ce que l'on peut produire comme merde, non ?
— Et la part de la nature dans tout ça ?
— Je ne te dis rien, rends-toi sur place demain à l'aube et tu seras éblouie.
Émerveillée encore ? Soit.

J'avais réglé l'alarme de mon téléphone pour quatre heures trente, le vallon des contagieux se situe sur la rive sud de l'étang, près de la côte, et il me fallait prendre la route. Lorsqu'on laisse le village derrière soi et qu'après quelques lacets sous les pins, on le devine dans son dos, on sent la puissance de la falaise qui le scinde en deux et le protège. Alors, il apparaît impossible à assimiler, impossible à moderniser, même si une centrale hydroélectrique est implantée sur son territoire.

J'avais roulé une trentaine de kilomètres avant d'arriver à la déchetterie, une jeune femme m'attendait à l'entrée, elle en était la responsable.

— Bienvenue dans mon royaume !

Elle m'avait demandé de garer ma voiture en contrebas d'un bâtiment qui ressemblait à une vigie ou un sémaphore, puis m'avait fait grimper dans un vieux 4 × 4 dont elle avait pris le volant.

— Je vais vous conduire à la première de nos alvéoles pleines.

Dans mon carnet, je notais ses explications sur le fonctionnement du centre.

— Les alvéoles sont les fosses de stockage. Une fois remplies, on les recouvre de terre, c'est ce qu'on appelle l'enfouissement.

Nous étions arrivées au pied d'une colline que je devinais verdoyante et fleurie.

— Cette alvéole s'est remplie en quinze ans...

Quinze ans pour accoucher d'un tertre jonché de muscaris, pareil aux petits massifs du coin.

— Regardez bien, regardez mieux.

Des flammes bleues descendaient depuis le sommet du monticule en nappe brumeuse.

— Comme des aurores boréales. Sur un tas d'ordures, c'est beau, non ?

— À couper le souffle...

C'était ce que Mathieu voulait que je voie, une colline d'anciens déchets recouverte de boutons et de bourgeons, transcendée par la danse d'un feu de Saint-Elme.

— Vous distinguez les tuyaux parmi les herbes ?

— Oui, je les aperçois.

L'œuvre des hommes était là, dans la conception d'un système d'évacuation verticale du méthane produit par la décomposition trop lente de nos déchets. Quant à l'œuvre de la nature, elle résidait dans la combustion des biogaz, dans la vague bleue qui passait sur les herbes et les fleurs sans les brûler ni les araser.

— J'aime tellement ma déchetterie !

La responsable m'avait ensuite emmenée au point le plus haut du centre, où nous pourrions admirer le lever du soleil. Les premiers rayons avaient éclairé deux alvéoles à l'état de cratère en contrebas.

— L'une a déjà atteint sa première tranche. À la troisième, elle sera rebouchée.

Portés par les gaz, des sacs plastiques tourbillonnaient au-dessus de nos têtes. Un milan, reconnaissable à sa queue, planait au milieu de cette matière en suspension. Cela existait donc, les combinaisons insensées et déraisonnables. Je me remettais à croire que Jean et moi étions faits l'un pour l'autre.

— À quoi pensez-vous ?
— À rien.
Il était beaucoup trop tôt pour écrire un message à l'homme de ma vie, je lui en envoyais quand même un : « À demain. »
Je reçus sa réponse dans la foulée.
« Tu as failli réveiller ma femme... À demain. »
Sa femme. C'est elle, la personne qui partage son lit.

73.

En rentrant de mon reportage, je m'étais rendue chez Babeth, des clients faisaient la queue pour retirer leurs colis, elle s'était dépêchée de les servir et avait fermé la boutique derrière eux.
— Raconte, tes yeux semblent pleins d'un savoir nouveau...
— J'ai vu une aurore boréale sur un tas de merde.
— Trop bien ! Quoi encore ?
— Des muscaris sur ce même tas de merde.
— Trop beau ! Quoi encore ?
— Babeth, je crois que nous sommes de vrais salauds.
— Putain, ouais ! C'est pour ça que je nage toute nue, pour me laver de ma très haute trahison, parce que, sache-le, de haute trahison, je suis passée à très haute

trahison. J'ai doublé le nombre de colis et parce que j'ai doublé le nombre de colis, j'ai dû faire de la place et me débarrasser d'une partie de ma marchandise.
Je regardais dans l'aquarium, le siponcle n'y était plus.
— T'as deviné, je l'ai bradé. Il est parti pour vingt centimes, paix à son âme...
— On pleure pour un ver maintenant ?
— On ne pleure que pour eux !
— Je suis amoureuse.
— Je n'aurais pas dû te refiler une épuisette. C'est la chasse aux papillons, ça.
Dehors, une nouvelle file de clients s'était formée, attendant que Babeth rouvre ses portes, elle leur faisait signe de patienter encore deux minutes.
— J'ai gardé quelques néréides de roche, m'avait-elle dit en remontant une glacière sur le comptoir. Tiens, fous ta main dedans pour un peu de tendresse. Parce que, si tu viens me balancer un truc pareil, que t'es amoureuse, c'est qu'à tous les coups, le gars ne t'aime pas en retour.

74.

J'ai bu mon verre d'eau en assoiffée, sous les yeux pleins de reproche de Youssef qui, un doigt sur l'oreille, me demandait d'écouter :
— Tu entends, c'est le moteur de François. Il rentre tôt aujourd'hui. Peut-être a-t-il senti que tu l'attends.

De son menton, il m'invitait à rejoindre François qui accostait.
— Vas-y, cours vers lui.
L'ensemble des pêcheurs du Cercle m'y incitaient aussi :
— Oui, cours !
J'arrivais devant François essoufflée et en sueur.
— Quel accueil... m'a-t-il dit.
Ses traits étaient tirés, il me regardait à peine.
— Si tu permets, j'accroche d'abord mon bout à l'amarre et ensuite, seulement, je m'intéresse à toi.

À moi ? Quelle vérité ses mots recelaient-ils ? Je voudrais me donner le beau rôle, parler au nom de l'étang entier, mais je ne suis pas certaine de savoir triompher de moi-même, en sortir constituerait déjà un exploit. C'est toujours comme ça quand on se lance dans un amour impossible : on ne pense plus qu'à soi.
François s'est adossé à la proue de sa barque et m'a enfin fixée d'un air las.

— Alors, as-tu la réponse, tout a-t-il commencé par la mort des palourdes ou tout s'est-il achevé avec elle ?

— Tu sais bien que la question n'est pas là.

— Ah bon, où est-elle alors ?

— J'aimerais savoir avec qui j'ai couché cette nuit.

— Tu peux répéter, s'il te plaît ?

J'ai vu une étincelle d'ahurissement dans son regard et je ne m'y attendais pas.

— Je crois que j'ai couché avec quelqu'un cette nuit, mais je ne sais plus avec qui, ai-je prononcé tout bas.

— Ne pas se souvenir d'un truc pareil, c'est fort.

— Ça, tu me l'as déjà dit.

— Je ne t'ai rien dit du tout, je suis à la pêche depuis cinq heures du matin.

— Tu m'as quand même causé tout du long cette nuit et ce matin.

— Si maintenant tu entends des voix, ça devient grave.

— Oui, j'entends tout un tas de gens, des animaux aussi. Toi, surtout. Tous les deux, on a beaucoup discuté.

— Nous avons discuté ?

— Je crois bien.

— Ce que je disais était intelligent, au moins ?

— Très. Parfois, tu te rapprochais du conte philosophique.

— Du conte philosophique ?

— Ouais, d'ailleurs, j'ai bien aimé notre échange sur le nouvel ordre moral des roseaux.

— Le quoi ?

— Le nouvel ordre moral des roseaux.
— Ma fille, tu m'as piqué ma fiole de marc de raisin ou bien ?
— Ah, ça aussi, tu me l'as dit.
J'étais surprise qu'il ne revienne pas sur ma question cruciale :
— Alors, tu sais avec qui j'ai couché ou pas ?
— Avec qui tu as couché, mais est-ce que cela me concerne ?
Si François m'aime, peut-être n'a-t-il ni envie ni besoin de savoir avec qui je fais l'amour.
— Bon, ce matin, avant de t'apercevoir à ta fenêtre, j'ai vu un homme sortir de chez toi.
— À quoi ressemblait-il ?
— À n'importe lequel d'entre nous, il allait sur deux jambes.
— Allez, François...
— Il m'a semblé reconnaître Jean.
— Tu connais Jean ?
— C'est un gamin d'ici, il a grandi les pieds dans l'étang. Je dis gamin, mais nous n'avons que huit ans d'écart. Quand nous étions petits, nous jouions au foot dans la rue, l'équipe corse contre l'équipe algérienne. Je jouais dans l'équipe algérienne.
— Mais tu n'es pas algérien !
— Parce que tu crois que Jean est corse ? Pourtant, vois-tu, il jouait dans l'équipe corse. Après, il nous a tous

un peu trahis, il est parti faire des études d'ingénieur pour revenir travailler à la centrale.
— Tu es sûr que c'est lui que tu as vu sortir de chez moi ?
— Ça te ferait plaisir que ce soit lui ?
— Oui.
— Alors, c'est bien lui. Il a vieilli, je trouve. Ses cheveux ont blanchi. A-t-il toujours ses beaux yeux ?

75.

J'avais fini par rejoindre Jean.

En quelques jours à peine, les roseaux les plus exposés à la lumière avaient retrouvé leur blondeur. À travers le lacis de leur voûte cassante, le soleil couchant dispensait des lueurs indécises. J'avançais à genoux, comme une repentante. Mais de quoi ? Certainement pas d'un rendez-vous fixé au nom d'un amour non partagé et d'un butor étoilé. À l'approche du cordon coquillier, une toile d'araignée et son occupante, une argiope frelon, au camouflage jaune et noir, m'avaient barré le passage. Je m'étais aplatie au sol et avais rampé sur quelques mètres. Me retournant pour m'assurer que je n'avais pas abîmé la toile, je constatais que l'argiope n'y était plus. La peur m'avait fait courir au milieu des joncs. Quel danger pensais-je fuir, si l'araignée était sur moi ? Parvenue à la plage de coquillages, j'avais retiré en vitesse mes chaussures, mon short et mon T-shirt, puis j'avais inspecté mes cheveux. Pas d'argiope et c'était encore plus effrayant.

— Heureusement que tu m'avais promis de te tenir à bonne distance...
Jean posait sur moi des yeux dont la couleur avait changé, ils étaient presque bruns.
— Non mais, franchement, si déjà tu ne respectes pas une promesse aussi élémentaire...
— Mais je suis à bonne distance, il y a au moins deux mètres entre nous.
— Tu te fous de moi, tu es en culotte !
— C'est à cause d'une araignée.
— Tous les prétextes sont bons. Tu peux remettre ton T-shirt, s'il te plaît ?
— Va pour le T-shirt. N'empêche, une énorme araignée a failli me mordre.
— Je croyais que tu aimais l'ensemble du vivant.

Une fois mon T-shirt enfilé, nous nous étions assis l'un à côté de l'autre. Jean suivait d'un doigt les nouvelles griffures qui striaient mes jambes et je ne comprenais plus trop ce qu'il entendait par bonne distance.
— Explique-moi un truc, je suis en culotte, je me tiens trop près de toi, tu me touches les cuisses, un océan

nous sépare. Ce n'est vraiment pas clair, ton histoire, tu sais ?
— Je sais, je suis un petit peu paumé en ce moment.
— C'est comme quand tu dis que tu n'es pas en situation de pouvoir m'aimer, ça signifie quoi, au juste ?
— Ça signifie que je ne suis pas en situation de pouvoir t'aimer aujourd'hui.
— Quand alors ?
— Quand je n'aimerai plus ma femme.
— En gros, quand le paon de Youssef aura des dents.
— Youssef, c'est le gars qui a un élevage clandestin de canards ?
— Celui-là même, le mari de Marie, dont je t'ai parlé la dernière fois.

Le soleil avait fini par se coucher, les yeux de Jean étaient redevenus clairs.
— Embrasse-moi, lui avais-je demandé.
Il avait posé sa bouche sur la mienne.
— C'est seulement parce que tu as failli te faire manger par une araignée, hein ?
Sa voix et son sourire étaient doux.
— Ta tendresse, je te la rendrai au centuple ! m'étais-je exclamée.
— J'aurais tellement voulu que nous fassions connaissance avant...
— Qu'est-ce que tu racontes, nous nous connaissons

depuis toujours, nous sommes tous les deux les rejetons de l'étang, enfants de salpêtre et d'arsenic, de zostères et de syngnathes, d'avocettes et de bécasses, de sternes et de tadornes.
— Et tu considères que c'est assez ?
— C'est déjà trop !
— Tu n'es même pas d'ici. Tu es de la grande ville.
— Oh, tu trouves que je m'habille mal, c'est ça ?
— Non, culotte et T-shirt, c'est parfait.
J'explosais de joie à l'intérieur. Et de l'avoir pour raison de vivre, je le serrais dans mes bras.
— Tu es gentille, m'avait-il dit à l'oreille.
— Toi aussi.

76.

En fin de journée, la falaise, si jaune dans le ciel bleu, flamboie sous les derniers rayons du soleil. Elle enveloppe le port et l'étang d'une poudre dorée qui les immobilise. La baie est calme, la lumière ambrée a endormi les flots, il n'y a plus ni houle ni onde. Les êtres vivants aussi sont laissés pour morts, consumés de l'intérieur par tant de calme et de beauté.
Cet écueil d'ocre est mon milieu, et mon foyer. Quelle différence existe-t-il entre la pierre et moi ? Comme elle,

je suis friable, sable de rivière impossible à stabiliser. Mouvante, je pourrais m'évader. Je reste pourtant là, où chaque soir, l'embrasement de la roche me remet à ma place. Ne pas oublier que je suis moins que rien, une palourde qui crève la coquille ouverte, et c'est déjà trop.

Sous le soleil de midi, François s'était détourné de moi, il s'affairait à sortir les filets de sa barque. Je m'étonnais de leur nombre.

— Tu as relevé tout ça sans rien prendre ? lui ai-je demandé.

— Ma fille, où as-tu la tête ? Tu n'as pas seulement oublié avec qui tu as couché, tu as également oublié la date. Nous sommes le 15 juillet, c'est la fin de la pêche à l'anguille, la saison ne reprend qu'en septembre. J'ai récupéré mes filets pour les ramender. Tout ce que j'ai remonté de vivant, je l'ai rendu à l'étang.

— Nous sommes déjà le 15 juillet ?

— Oui, tu n'as pas été au feu d'artifice, hier soir ? Ben, non, je suis bête, tu as fait l'amour.

— Avec Jean.

— Qui sait, qui sait...

77.

On peut rompre avec la réalité et être convaincu de mieux la retrouver en tenant pour vraies les histoires que l'on se raconte. Quand je défends ce genre de thèse, Mathieu estime que je dépasse les bornes : « De l'imaginaire d'accord, mais pas de fausses nouvelles. » Quelles informations mensongères notre journal local pourrait-il délivrer ? « Je te rappelle que, l'année dernière, je t'ai laissée écrire un article sur un chasseur qui avait soi-disant sauvé des poussins tadornes de Belon. »
Une histoire vraie dont j'aurais juré moi aussi qu'elle était fausse. Stéphane, propriétaire d'une hutte de chasse dans le marais, m'avait invitée un matin de mai à le rejoindre dans les collines.
« Les tadornes construisent leur nid loin de l'étang. Parfois même, ils couvent leurs œufs à l'abri d'un terrier de lapin abandonné. Le problème, c'est lorsque les canetons doivent rejoindre l'eau, ils ne savent pas encore voler. Du coup, ils sont obligés de passer à travers les lotissements. Quand ils ne tombent pas dans les buses de canalisation, ils se font manger par les chats. »
Les chats, ces hérétiques du nouvel ordre moral des roseaux.
Dans la garrigue, Stéphane m'avait montré une dizaine de poussins, très éloignés de ce qu'ils deviendraient adultes, quand ils seraient si reconnaissables à leur bec

rouge. Ils se mettaient en ordre de marche, l'un derrière l'autre. Leurs parents volaient au-dessus d'eux pour leur indiquer le chemin.

« Si on ne les aide pas, ils n'y arriveront jamais », m'avait dit Stéphane.

Sous l'œil des deux tadornes adultes, nous avions attrapé les petits et les avions placés dans une caisse. Il nous avait fallu plus d'une heure pour atteindre le rivage et les libérer. D'instinct, ils avaient rejoint l'étang où leurs parents les attendaient.

Stéphane avait eu les larmes aux yeux en les voyant nager.

— Je ne suis pas un dur.

— Bien sûr que vous en êtes un. Chez vous, vous avez des armes.

— Ça ne veut rien dire.

— Si, ça veut dire que vous tuez des canards.

Il ignorait qu'à chaque tir de chevrotine, il aggravait notre dette et qu'un jour de canicule, une mouette viendrait à ma fenêtre pour percevoir mes arriérés de loyer sur la terre.

N'est-ce pas finalement le plus réaliste dans cette histoire, qu'une mouette ait cessé de rire ?

78.

— Tout à l'heure, as-tu sauté dans l'étang au milieu de cent vingt-six crabes morts ? ai-je demandé à François, qui avait déjà déployé ses filets au sol et les nettoyait au jet d'eau.

— Qu'est-ce que c'est que cette histoire ! Tu m'inquiètes, tu sais...

— C'est l'hôpital qui se fout de la charité ! Je te rappelle qu'au mois de mars, tu m'as envoyée sur la piste d'un paon qui disait Raoul.

— D'accord, ce n'était pas drôle. Mais comment as-tu pu croire un truc pareil aussi ?

— Tu es au courant que Marie est malade ?

— Évidemment, elle prend tous ses canards pour des chiens.

— Tu aurais pu me le dire.

— Je te l'ai dit et tu n'as rien écouté. Tu as préféré faire d'elle une pythie qui lit l'avenir dans du cresson de fontaine et des asperges sauvages.

— J'ai tant d'imagination que ça ?

79.

À présent, François tentait de me chasser en brandissant le jet dans ma direction, je reculais sur le quai que l'eau irisait.

— Ce matin, pourquoi m'as-tu demandé d'enquêter sur la mort des palourdes ? ai-je encore voulu savoir.

— Sans doute pour attirer ton attention, pour éveiller quelque chose en toi. Quand je te dis que je t'aime, tu n'en as rien à secouer.

— Mais tu ne me l'as jamais dit.

— C'est bien la preuve que cela ne te touche pas. Moins que la mort des palourdes en tout cas. Et puis, tu es comme mes civelles, il faut bien que je te garde en vie, même si ces derniers temps, tu me fatigues un peu.

— Ça te fait quoi de savoir que j'ai couché avec Jean ?

— Rien si tu ne l'aimes pas...

80.

L'extraordinaire, ce n'est pas une anguille qui balance : « Pauvre cloche », ce n'est pas non plus un syngnathe qui joue au père la pudeur, c'est l'amour que je porte à Jean.

Sur le cordon coquillier, nous avions poursuivi notre conversation. Jean n'avait plus fait une seule phrase sans évoquer sa femme ou ce qui les liait depuis de nombreuses années.

— Cela n'a rien à voir avec l'habitude ou le confort, mais tout avec l'amour. Elle est la seule...

— Et moi dans tout ça ? Je te rappelle que tu viens de m'embrasser.

— Toi, tu es tout ce que je n'ai pas construit. Tu es une nouveauté.

— Ah, ouais, je divertis, je distrais. C'est mon foutu sourire à but récréatif.

J'avais envie de pleurer en prononçant ces mots, ma joie me coûtait tellement.

— Je n'ai pas dit cela. J'ai dit que je ne sais pas quoi faire de toi.

— Un jour, tu m'expliqueras pourquoi je ne suis pas aimable.

— Mais tu l'es, puisque tu l'as déjà été.

Une araignée jaune et noire grimpait sur ma jambe, c'était l'argiope frelon, qui sortait de nulle part. Je n'avais plus peur d'elle, tout mon être était tendu vers le chagrin que venait de me causer Jean avec sa phrase à la con.

81.

Mes habits collaient à ma peau, l'effet drapé mouillé me rendait belle alors que je ne le suis pas vraiment, je donne tout juste le change avec mes gros yeux et mon grand sourire.

— J'espère que cette douche froide t'a remis les idées en place, m'a dit François.

— J'en ai déjà pris une qui t'a fâché. Selon toi, je siphonnais l'étang.

— Pardon ?

— Oui, tu as pensé qu'à force de tirer de l'eau, j'allais transformer la lagune en mirage.

— C'est à se demander si ce n'est pas toi qui es malade tandis que Marie vieillit gentiment.

— Mais tu observes bien les dérèglements de la nature ?

— Certes...

— Tu voues même une passion au vivant !

— Parce que l'anguille ne peut ni se vendre ni se travailler morte.

— C'est plus que ça.

— Je te l'accorde, c'est plus que ça, mais de là à créer un nouvel ordre moral des joncs...

— Des roseaux, pas des joncs !

— Des roseaux, si ça te fait plaisir.

— Dis-le, que tu désespères de voir notre masse d'eau souffrir.

— Moins que toi. Que s'est-il passé cette nuit pour que tu divagues à ce point ? Ça ne peut pas seulement être la canicule ni d'avoir couché avec Jean.
— Pourquoi pas, tu sais, la chaleur et le sexe, parfois, ça rend très triste...

J'ai écarté les bras en croix pour recevoir le jet en pleine poitrine.

82.

Inquiet, Youssef a quitté la table du Cercle et nous a rejoints.
— Qu'est-ce que vous foutez tous les deux ? nous a-t-il demandé.
— Elle a chaud, je l'arrose, a répondu François.
— Ne crois pas à la violence de ce que tu vois, François n'est pas en train de calmer mes ardeurs, ai-je ajouté.
— Non, nous sommes dans un rapport d'égalité franche.
Youssef s'est dirigé vers l'arrivée d'eau pour fermer le robinet.
— Vous vous imaginez vraiment que je suis en mesure de gérer toutes les fragilités, la vôtre en plus de celle de Marie ? Je ne sais pas ce qui me pousse à vouloir votre bonheur à tous...

— Ah, mais le voilà, le promoteur du nouvel ordre moral des cannes de Provence ! a rigolé François.
— Des roseaux, me suis-je encore sentie obligée de rectifier.
— Youssef, tu en as déjà entendu parler, toi, de ce mouvement ? a demandé François.
— Pas avant tout à l'heure. Si j'ai bien compris, il annonce une pluie de pluviers dorés.

83.

Est-ce un tort de restituer ce que j'ai découvert dans les yeux de Jean, les genêts jaunes, les bugranes sans épines, les ophrys de la voie Aurélienne, les pluviers dorés et les butors étoilés ? S'il te plaît, Jean, lis un peu tout ce que je vois en toi et que tu ignores.

— Le temps que tes filets sèchent, allons boire un coup au Cercle, a proposé Youssef à François.
— Je te donnerai mon fond de carafe, m'a dit François.
— Saïd m'offre déjà le sien.
— Cela ne lui a donc pas suffi de te faire cadeau d'un syngnathe des lagunes.
Un chat borgne et famélique est sorti d'un casier de pêche en feulant.

— Ce n'est pas le vieux matou dont tu m'as parlé, celui qui t'a craché au visage parce que tu avais tardé à lui donner du poisson ?
— Ma fille, je ne t'ai jamais parlé d'un vieux matou. Et celui-là, c'est bien la première fois que je le vois.

84.

Depuis le cordon coquillier, nous avions regardé le soleil se coucher derrière la colline de la rive opposée. Les yeux de Jean reflétaient le ciel et l'étang, ils étaient d'une couleur si singulière et si rare que mon ventre s'était déchiré de peur de ne plus les revoir.
— Qu'est-ce que tu as, tu trembles ? m'avait-il demandé.
J'avais pris l'argiope frelon qui était encore sur ma jambe et l'avais déposée dans un bouquet de camomille maritime.
— Tu ne me parles plus.
— Non, je ne te parle plus, lui avais-je dit.
— Qu'attends-tu de moi ?
— Rien... Que tu acceptes que je t'aime.
— Je l'entends.
— Tu l'entends, mais est-ce que tu l'acceptes ?
Il s'était relevé et avait avancé jusqu'au bord de l'étang. À son dos, je voyais la difficulté que je lui posais.

— J'ai vécu ma vie sans me poser beaucoup de questions. Je ne connais que ma façon d'être, celle d'un quotidien répété et simple depuis des années.
Il avait retiré ses chaussures et remonté son pantalon sur ses mollets.
— Je ne peux pas comprendre ce que tu me proposes.
Ses pieds s'enfonçaient dans les coquillages.
— J'en suis si désolé.
Je m'étais approchée de lui et avais enserré sa taille :
— Chut...

85.

J'étreignais Jean, son corps entier se contractait. À la raideur de sa nuque, je devinais son visage crispé. Que pouvais-je opposer à tant de résistance ? Toute ma gentillesse ne suffirait pas, la cause était perdue. Il me fallait faire preuve de générosité, le libérer de mon attachement :
— Je pense que je ne pourrai plus venir à toi, la roselière est devenue impraticable et je ne connais pas d'autre chemin pour te rejoindre.

Jean avait finalement posé ses mains sur les miennes et nous avions entrelacé nos doigts.

— Tu es sûre de ne plus pouvoir passer entre les roseaux ? Le temps des chevaliers aboyeurs et des chevaliers combattants n'est pas encore venu. C'est au mois d'août que la roselière est le plus dense...
— Je t'assure, il faut que je me couche à plat ventre, ce n'est plus possible.
— Moi, je veux que tu viennes encore.

86.

Si j'étais née d'hier, je pourrais comprendre que je me complaise dans l'amour fou. Mais je suis rejeton de l'étang, aussi vieille que lui, et je me demande comment je me suis laissé prendre. Combien de loups et de daurades sont morts asphyxiés depuis que j'adore Jean ?

Il s'était retourné vers moi, plantant ses yeux jaunes dans les miens, plus écarquillés que jamais.
— Tu es de l'étang, pas vrai ? Alors, viens par lui ! Tu as bien, comme tout le monde, une planche et une pagaie ?
— Oui, j'en ai aussi une avec voile.
— Tu n'as donc qu'à revenir à moi par l'eau.

Nous nous étions quittés sur un sourire. J'avais attendu qu'il disparaisse pour murmurer : «Je t'aime, Jean.»

Un rollier d'Europe s'était posé sur une branche de tamaris et paradait à mon intention. De l'azur au turquoise, ses plumes étincelaient dans le couchant, une composition qui relevait du prodige. Je répétais : «Je t'aime, Jean. Et ce n'est pas grave. C'est même joli.»

87.

À la terrasse du Cercle, j'en étais déjà à mon quatrième fond de carafe. François et Youssef avaient atteint un nombre de pastis que j'avais cessé de compter, Saïd et trois autres pêcheurs dormaient affalés sur la table.

— Ma fille, où est ton carnet, il faut que tu notes tout ce qu'on te raconte pour ton évangile, disait François.

— Marie et moi lui avons juste conseillé de ne pas tomber amoureuse de quelqu'un qui ne pourrait pas l'aimer en retour, à cause du chagrin qu'elle aurait, et elle a cru qu'on lui faisait la morale, expliquait Youssef.

— Marie a quand même sous-entendu que j'allais noircir les eaux de l'étang, suis-je intervenue.

— Marie est malade, je te rappelle, m'a lancé Youssef.

François s'est essuyé la bouche avec son avant-bras :

— Et puis, si tu crois qu'elles ont besoin de toi, les eaux de l'étang, pour être noires. C'est fou de lier le déséquilibre de la lagune à ce qui se passe dans ton petit cœur,

qui reste tout sec pour moi. Tu n'es pas la moitié d'une crâneuse, hein ?
Pensaient-ils vraiment tous les deux que je ne l'avais pas volé ?
— Vous êtes durs. C'est juste qu'il n'y a pas d'histoire d'amour sans nature, elle est l'incarnation même du sentiment...
Youssef a senti que François était allé trop loin :
— C'est étrange, non ? Aujourd'hui, nous avons l'alcool mauvais et méchant.

88.

Tout joue au monde, il faut faire avec le soleil, le vent et les tempêtes. La lassitude de François participe à la vie de l'étang au même titre que le spirographe, ce ver sensible aux vibrations, mais ignare en dépits amoureux. Au pied de la falaise, chacun d'entre nous constitue un organisme en suspension dans l'eau, à attendre que cela passe, l'amour comme le reste.

Après quelques secondes de silence, Youssef a repris la parole :
— Ce qui est bête, c'est que tu sois tombée amoureuse d'un mec un peu con.

— Mais Jean n'est pas con du tout, ce serait même plutôt le contraire, a dit François.
— Parce que tu le connais ?
— Toi aussi, c'est le petit Jean.
— Quoi, le Jean qui jouait au foot avec nous ?
— Contre nous, il était dans l'équipe des Corses.
— Celui de la rue Jules-Favre ?
— Oui !
Youssef m'a regardée d'un air interloqué :
— C'est ce Jean-là que tu aimes ?
— Visiblement, ai-je répondu.
— Tu m'étonnes, il est tellement gentil !
— Voilà, on ne peut pas lui en vouloir, a dit François en se resservant un verre.
Une main sous sa casquette, Youssef se grattait le crâne.
— Quelque chose te chiffonne ? lui a demandé François.
— Si je ne me trompe pas, il est marié, et à une fille d'ici.
— C'est bien ça.
Youssef semblait affecté.
— Mince, une fille d'ici. C'est maintenant sûr et certain, il ne t'aimera jamais en retour, et tu seras triste à en crever.
— Qu'ont les filles d'ici que je n'ai pas ?
— Elles sont d'ici.
François dodelinait de la tête.
— Ma femme était d'ici. Si elle n'était pas morte, je ne t'aurais même pas remarquée.

— Vrai, a renchéri Youssef.
— Ce n'est pas à elle que j'aurais offert des couronnes de ruines de Rome, a continué François.
— C'est clair, elle te les aurait renvoyées à la figure, rigolait Youssef.
— Pourquoi ? ai-je demandé.
— Parce que c'est nul comme cadeau, aucune fille d'ici ne l'accepterait, a répondu Youssef.
— Ah, bon ?

89.

À l'évocation de Jean, Saïd avait fini par se réveiller. D'une voix pâteuse, il a dit :
— Le petit Jean de l'équipe des Corses, celui de la rue Jules-Favre ?
Je devais m'y faire, tout le monde le connaissait.
— Il est marié à une fille d'ici. Ils ont trois enfants, je crois, deux filles et un garçon... a poursuivi Saïd.
Jean avait ouvert une voie d'eau en moi. Je n'ai pas peur des naufrages, n'empêche. Pourquoi m'avait-il caché qu'il avait des enfants ?
— Trois enfants avec une fille d'ici ? Alors, il ne m'aimera jamais...
— On se tue à te le répéter, a dit Youssef.

François me regardait avec tristesse, je l'appelais au secours :
— Et si j'entamais un nouveau carnet dans lequel je plierais la réalité à mes désirs...
— C'est ton idée ? m'a-t-il demandé.
— Quoi, elle n'est pas bonne ?
— Non, elle est désespérée.

Il se trompe. Si les couleurs du rollier d'Europe sont surnaturelles, l'oiseau, lui, il est réel. Je ne reculerai devant rien, l'histoire que je raconte est vraie, même si les choses ne le seront jamais qu'à peu près.

90.

Le lendemain de ma rencontre avec le rollier d'Europe qui avait parachevé le deuxième baiser de Jean, je m'étais rendue chez Pierre. Je voulais qu'il me rappelle comment, un jour, j'avais pu aimer et être aimée en retour, ce qu'on appelle vivre le grand amour.

Un an et demi après sa lettre, il avait à son tour quitté la grande ville pour venir vivre dans la région, à quelques kilomètres à peine de l'étang, et je ne m'étais pas un seul instant interrogée sur ses motivations. Lui aussi avait fini par épouser une fille d'ici et ensemble, ils avaient eu un enfant, Lucas. Si les êtres humains opèrent partout de la même façon, tentant d'exister coûte que coûte, en quoi ceux d'ici et ceux d'ailleurs seraient-ils si différents ?

Dans la forêt humide que j'avais traversée, les claquements de bec des cigognes avaient rythmé ma marche, mais aucune n'avait osé m'adresser la parole. Sous les peupliers noirs et les cyprès chauves, on ne peut s'empêcher de rêver. Seulement les bois n'ont jamais eu sur moi le même effet que le marais, leurs profondeurs me restent étrangères. Mais la nature est pensive et je pensais : « J'aime Jean par une force invisible. Il sera mon dernier amour, parce que l'aimer est ma réponse très simple à cette manœuvre alambiquée, vieillir. » J'avais aperçu un triton palmé dans une flaque d'eau. Il aurait pu réclamer au moins une mare.

Je n'avais pas prévenu Pierre de ma visite. Il était dans son jardin avec Lucas. Quand l'enfant m'avait aperçue, il avait couru vers moi et s'était jeté dans mes bras.
— Ça fait trop longtemps que je t'ai pas vue !
Je l'avais serré fort contre ma poitrine, humant ses cheveux blonds qui sentaient le pin. Pierre s'était approché avec un sourire.
— Lucas a raison, ça fait longtemps... avait-il dit en posant une main sur mon épaule.

Lucas s'était détaché et m'avait entraînée dans un hamac.
— Pourquoi tu viens jamais ? m'avait-il demandé.
— Je viens, je suis là.
— Tu viens jamais, alors que je suis le fils que tu aurais dû avoir avec papa si tu ne l'avais pas quitté.

Depuis tout petit, Lucas voudrait que je sois sa mère et il n'y a pas d'explication à cela. Quand Pierre lui pose la question, il répond invariablement, avec l'air de se foutre de nous : « Elle était là à toutes mes kermesses de fin d'année. » C'est vrai, grâce à Mathieu qui m'avait obligée à assurer la tournée des écoles, j'avais vu grandir Lucas. Sa mère prend la chose avec philosophie : « Ça lui passera, peut-être même avant l'envie de se marier avec toi. »

— Je n'ai pas quitté ton père, nous nous sommes séparés d'un commun accord.
— C'est pas ce qu'il raconte, avait dit Lucas.
— Ce n'est pas ce que tu racontes ? avais-je demandé à Pierre.
— Non, avait répondu Pierre en souriant. Tu as décidé pour nous deux que nous ne nous aimions plus, mais c'est vrai que nous avions fini par nous ressembler comme des frères.
— Ma mère et ma tante à la fois, avait dit Lucas.
Quel âge peut-il avoir, douze ans déjà ?

Des abeilles butinaient des fleurs de laurier et je pensais à la douceur du miel, aux cheveux blonds de Lucas qui chatouillaient mon cou. Il était trop tard pour que je compose un jour un ensemble, parce que j'étais la fille d'un soir et peu importe que ce soir ait duré neuf ans.

— Tu dis n'importe quoi, tu étais censée être la femme de ma vie. Ta joie était mon réconfort...
Pierre s'exposait devant le fils qu'il avait eu avec une autre.
— C'est pour toi que je suis venu ici, mais je ne t'ai pas retrouvée, tu avais disparu dans la terre des sansouïres. Personne n'aurait pu t'aider. François, à la rigueur, comme il lutte le pauvre...

L'histoire vraie est-elle celle-là ? Je ne peux pas y croire, elle est trop triste.

Lucas se pressait contre moi, jusqu'à me faire mal.
— Lâche-la, lui avait demandé Pierre.
Mais l'enfant était buté.

Il y avait longtemps, j'avais cessé d'aimer son père et si je m'étais installée au pied de la falaise d'ocre, c'était pour oublier cette bataille perdue.

Jean est mon dernier amour, je l'aimerai jusqu'à la fin.

91.

Un matin, j'avais trouvé un mot de Babeth dans ma boîte aux lettres, elle me demandait de passer la voir en urgence.
Sa boutique croulait sous les colis, je la devinais affairée derrière un mur de cartons, si facile à renverser.
— Babeth ?
Elle avait sorti sa tête toute chiffonnée de l'intérieur d'un paquet, ses cheveux gris étaient parsemés de chips en polystyrène, ses lèvres plus épaisses et plus flasques que d'ordinaire.
— C'est pas trop tôt !
— Comment ça, c'est pas trop tôt ? Tu me l'as laissé quand, ton mot ?
— Il y a une heure...
— Alors, je suis dans les temps.
— Ouais, tu y es.
D'un geste brusque, elle avait fait tomber une des particules de calage qui s'était déposée sur son épaule.
— Tu te rends compte, si tout ça arrivait dans la lagune ?
— Elle est là l'urgence, mesurer à quel point tu as trahi notre milieu naturel ? La sirène aurait mieux fait de se couper la queue le jour où elle a accepté de faire relais colis.
— Qu'est-ce qui te prend d'être aussi dure, toi qui es la douceur même ? J'ai juste une nouvelle théorie sur

la mort des palourdes. Enfin, ce n'est pas vraiment la mienne. Figure-toi qu'hier, alors que je nageais...
— Nue.
— Ben oui, nue, j'ai croisé un océanographe qui faisait des relevés et il m'a appris que les palourdes ont ceci de franchement dégueulasse qu'elles mangent les larves de leurs voisines.
— Et c'est comme ça qu'elles crèvent toutes ?
— Ça me paraît évident, non ?
Pendant des jours et des jours, j'avais observé les coquillages sans rien remarquer de leur appétit cannibale. Ainsi, les palourdes se bâfraient de leur propre espèce. En tout cas, un océanographe avait raconté cette histoire à Babeth, qui l'avait crue.
— Ça ne te rappelle personne ?
— Non.
— Ah bon, même vaguement ?
— Non, je ne vois pas.
— Nous !
— Enfin, Babeth, je n'ai jamais mangé les enfants de mes voisines, ni personne dans le village. Un truc pareil, ça se saurait et Mathieu m'aurait depuis longtemps commandé un article.
— Sincèrement, je suis usée en ce moment. Je te jure que si après la mort des palourdes, un monde nouveau devait surgir, je refuse d'en être le majordome. Je ne saurais pas comment l'organiser.

— Sûrement comme l'ancien, avec des cellules eucaryotes de partout.
— C'est bien ça et alors, j'aurais l'impression de remuer le couteau dans la plaie.
Elle avait donné un grand coup de coude dans une colonne de colis qui s'était effondrée au sol.
— Rien à foutre, si y a des vases dedans.
Disparue derrière son comptoir, je l'entendais encore bougonner.
— Tiens, je te les donne. Pour toujours. Ça me fend le cœur de les voir au milieu de toute cette marchandise. Peut-être te réconforteront-elles de ton amour impossible...
J'avais quitté le magasin de Babeth avec un seau entier de néréides de roche que j'avais rejetées dans l'étang. Les muges et les loups s'en étaient certainement fait un festin.

Mon amour impossible demeure inconsolable.

92.

Après mes heures de discussion sans issue avec la bande du Cercle, je suis rentrée chez moi, ai retiré les draps de mon lit pour les passer à la machine.

— Ce n'était donc pas moi qui puais, me disait mon syngnathe, toujours coincé entre les pages du carnet où je l'avais laissé.

Rien n'a jamais senti mauvais, l'odeur de l'amour est suave. Mais mon poisson fumé est à mon image, un peu poseur :

— L'amour, c'était la réponse à ta question ? Je te l'aurais donnée, moi, si tu m'avais plus clairement interrogé.

Il est important de faire parler à bon escient les êtres privés de parole.

— Tu as couché avec quelqu'un et tu nous en fais tout un fromage.

Pas un fromage, une histoire vraie.

— Mouais, en plus de l'odeur, il y a du mensonge dans l'air…

Plus qu'à un animal, il ressemblait à une feuille de zostère pressée dans un herbier. J'ai eu pitié de lui et l'ai placé sur une étagère, entre la carapace d'une petite araignée de mer et une dépouille de sauterelle amputée. Depuis qu'il est entouré d'autres espèces naturalisées, il ne la ramène plus. Je crois qu'il est retourné à l'état sauvage de la bête morte. Hier, au sommet de la falaise, j'ai trouvé une vingtaine de mues de cigales, je les ai rapportées chez moi et les ai déposées au rayon des curiosités.

J'ai cherché parmi mes carnets et cahiers vierges celui sur lequel je coucherais ma confession amoureuse et ai opté pour un cahier de brouillon des plus banals, au dos duquel sont imprimées les quatre tables de calcul, sans aucune raison particulière, si ce n'est sa souplesse et la possibilité de le rouler pour m'en faire une longue-vue, souffler dedans aux moments d'ennui et de découragement, quand les mots décidément ne veulent pas venir.

À peine ai-je écrit : « Tout a commencé par la mort des palourdes, mais en suis-je vraiment certaine ? » que j'ai entendu tambouriner à ma porte. François et Youssef étaient là, bras dessus, bras dessous, hilares.

93.

Le mois de juillet était arrivé, Jean avait voulu que je revienne à lui par la lagune. L'étang était calme, ma planche glissait toute seule. Loin du bord, l'eau était trouble, presque boueuse, de nombreux muges pipaient l'air en surface, certains sautaient à mon passage. Les cténophores et les méduses aussi dérivaient dans l'onde turbide, parcourus de traits phosphorescents. À chacun de mes coups de pagaie, leur signal lumineux s'amplifiait. Les effets de lumière m'égaraient, ceux du soleil rasant s'ajoutaient aux autres scintillements propres au matin. J'avais cru distinguer Jean dans le lointain, il avançait vers moi, énergique et solide sur sa planche. Mais plus je me rapprochais de lui, plus il était statique, moins il était humain.

Je n'ai pas peur des naufrages, pourtant j'avais confondu Jean avec la balise bâbord du chenal qui marque l'entrée du port de plaisance. Qu'est-ce que cela pouvait bien signifier, assimiler l'homme aimé à une bouée ?

94.

Au bout de quarante-cinq minutes de navigation, j'avais abordé le cordon coquillier. Jean m'attendait sur la plage, le sourire aux lèvres.

— Salut, rejeton de l'étang, m'avait-il dit.

— Salut, traître à ton berceau.

Il s'était saisi de ma planche et l'avait déposée sur les coquillages.

— On ne s'embrasse pas ? avais-je demandé.

— Je suppose que tu ne veux pas que je te fasse la bise ?

— Non, je ne veux pas.
— Alors, on ne s'embrasse pas.
Il était habillé, j'étais en maillot de bain, la civilisation soumettait le monde sauvage à la retenue et à la discrétion.
— D'accord, je ne te sauterai pas dessus. Tu es un adepte du nouvel ordre moral des roseaux, c'est ça ?
— C'est ça !
— Quoi, tu connais le nouvel ordre moral des roseaux ?
— Pas vraiment, mais s'il sort de ton imagination, j'y adhère.
— Tu y adhères parce que tu es aussi réactionnaire que mon syngnathe des lagunes.
— Je ne sais pas ce que ça veut dire.
— Réactionnaire ou syngnathe ?
— Dans quelle case m'as-tu rangé, tu me crois conservateur parce que je refuse de tromper ma femme ?
— Pas du tout, je sais très bien que tu ne veux pas trahir ta femme parce que tu l'aimes et que moi, tu ne m'aimes pas. Si tu es réactionnaire, c'est que même les mots te font peur.
— Les mots ne me font pas peur du tout.
— Je t'aime.
J'avais vu ses mâchoires se serrer.
— Voilà, tu flippes !
— Je ne flippe pas, j'encaisse.
— Parce que c'est dur à accepter d'être aimé, pas vrai ?

— Ouais...
Il souriait de nouveau et ses yeux éclataient d'or à l'intérieur.
— Tu sais, tout à l'heure, je t'ai confondu avec une bouée, lui avais-je dit.
— Une grosse bouée ?
— Énorme, la balise rouge du chenal !
— Alors, tu es bigleuse, c'est sûrement à cause de la cicatrice dans ton regard.
— Cette satanée conjonctivite granuleuse de l'hiver.
— On s'entend bien, non ?

95.

— Entre nous, cela pourrait être si beau, si facile, si simple, avais-je répondu.
Il m'avait regardée très longuement et très profondément :
— Je crois aussi...

François et Youssef ont fini par repartir de chez moi. Après avoir trop ri, et en guise d'au revoir, Youssef m'a cajolée :
— Pauvre petite, tu es aussi perdue que Marie...
J'ai refermé la porte derrière eux et suis remontée dans mon bureau.

Je regarde les mues de cigales dispersées autour de mon syngnathe des lagunes et me demande si toute cette histoire n'a pas pour finalité de me doter d'une nouvelle nature. Évidemment, je ne serai pas changée en sirène, mais quelque chose en moi sera modifié, j'aurai un trou dans ma vie, un absent : Jean, que mes mots n'auront pas touché.

96.

Ce matin sur les rives de l'étang, il m'a semblé apercevoir des cormorans noirs dans des arbres vivants et des aigrettes blanches dans des arbres morts. D'ordinaire, c'est l'inverse, les cormorans choisissent les branches pelées, les aigrettes les rameaux irrigués. Se sont-ils entendus pour me faire comprendre que les miroitements de la lagune renvoient l'envers du décor ?

Jean et moi avions marché dans les Palous, c'était à celui qui repérerait l'espèce la plus inhabituelle, une harelde boréale, un bécasseau maubèche ou une guifette moustac.

— Un héron vert ! s'était exclamé Jean à l'approche d'une mare.

Un petit oiseau au dos vert-bleu nettoyait ses plumes dans le trou d'eau. Dérangé par notre présence, il nous avait foudroyés de son œil jaune qui tranchait sur le brun de sa calotte.
— Tu as gagné, avais-je dit à Jean.
— Je crois bien.
— Ses yeux sont moins beaux que les tiens.
— En tout cas, je n'y distingue aucune trace d'ophrys de la voie Aurélienne, avait-il ironisé.

Les ophrys de la voie Aurélienne sont roses et n'ont strictement rien à faire dans des yeux dorés, mais la rareté de leur habitat m'a poussée à les placer dans le regard de Jean.

— Tu crois que, par amour pour moi, tu pourrais quitter ton poste à la centrale ? lui avais-je demandé.
Il m'avait dévisagée, sûrement me jugeait-il irrécupérable.
— Mais je ne t'aime pas.
— Évidemment, vu comme ça...
— Comment veux-tu le voir autrement ? Explique-moi.
— Je ne sais pas, en sollicitant notre imaginaire.
— Notre imaginaire ? J'espère que tu as bien compris que je n'en ai pas, je ne sais même pas rêver.
— Mouais.
Accepter de déambuler avec moi dans le marais, c'était témoigner d'une aptitude certaine à la divagation.

— Moi, je crois que quand on a grandi les pieds dans l'étang, de ce côté-ci de la falaise, on est promis à de grandes visions, avais-je poursuivi.
— Je n'ai passé que mes premières années sur le port. Ma famille a fini par franchir la falaise, nous avons vécu tout contre elle, mais sur son autre flanc.

97.

De nouveau, j'ai entendu frapper à ma porte, François et Youssef avaient-ils si peur d'être oubliés de mon manifeste amoureux ? J'ai ouvert ma fenêtre et reconnu le crâne chauve de Mathieu.
— Salut, Mathieu, c'est moi que tu cherches ?
Il a relevé la tête.
— Bien sûr que c'est toi que je cherche, sinon je serais allé frapper chez la voisine. Tu m'ouvres ou je reste dehors ?
— Comme tu veux...
— Je vois, je reste à la porte. Tu as quelque chose à me cacher ?
Si je lui laissais lire le récit contenu dans mon cahier, il serait capable de le publier en feuilleton dans le journal, il ressemblait déjà tellement à une histoire vraie.
— Rien à cacher, je suis claire comme l'eau de l'étang.
— Merde, tu es en train d'écrire un truc !

— Je t'assure que non.
— Je ne te crois pas, mais passons. Tu as assisté au discours du maire, hier ?
— Non, j'avais autre chose à faire.
— C'est con, il faut absolument que tu me rendes un article sur ce qu'il a dit. On ne sait pas si c'est la chaleur ou quoi, mais après avoir évoqué la Révolution et la prise de la Bastille, il a levé un poing en haranguant la foule, enfin, trois vieillards et une enfant qui passaient par là : « Il faut libérer les peuples de l'étang de leur assujettissement à la centrale hydroélectrique. »
— Sans rire ?
— Personne ne sait ce qui lui prend en ce moment, il se radicalise. Tout pour le butor étoilé et le petit chevalier...
— Gloire à lui, édile héroïque d'un tout petit bout du monde qui édite des arrêtés municipaux pour que trois œufs de sterne naine éclosent.
— Si tu veux mon avis, toi aussi, tu es tombée sur la tête.
— Et toi, non, qui me demandes d'écrire un papier sur un événement auquel je n'ai pas assisté ?
— Tu n'as qu'à inventer, comme d'habitude, comme avec ton papier sur le chasseur qui sauve des poussins tadornes, comme avec celui sur les *Euphorbia peplis*.
— Qu'est-ce que tu insinues, tout était vrai dans ces articles !
— Allez, te fiche pas de moi ! Expliquer que les *Euphorbia peplis* sont revenues sur nos plages à la faveur des grandes

marées d'équinoxe, à la rigueur, mais soutenir qu'elles ont été plantées par un homme éperdu d'amour...
— Je n'ai jamais rien écrit de tout ça.
— Ouais, mais tu l'as pensé très fort. Bon, tu me le ponds cet article ? Pour dans deux heures, hein ?

J'ai accepté et Mathieu est reparti. Deux heures de totale innocence à imaginer ce qu'avait pu dire le maire, à restituer son intention politique, à le mettre au service du marais et de la roselière, à en faire le dépositaire de l'intérêt général des peuples lagunaires.

98.

Rien n'est fictif, tout est authentique. Dans l'après-midi, je suis retournée sur les rives de l'étang, les choses étaient rentrées dans l'ordre, les aigrettes étaient sur des arbres vivants, les cormorans sur des arbres morts, deux d'entre eux avaient étendu leurs ailes pour que le soleil les sèche. Cette attitude du grand oiseau me captive à chaque fois, j'y vois une beauté souveraine. Tant que le cormoran exhibe une pareille envergure, la centrale hydroélectrique ne peut l'asservir.

— On se voit quand je rentre, m'avait dit Jean.

— Oui, ça me ferait plaisir...
— À bientôt, alors.
Le vent s'était levé, j'avais dû lutter pour remonter le courant. Tout en forçant sur mes bras, je pensais : « Faut-il que je souffre ? » Les bourrasques avaient redoublé de puissance et je n'avais pu progresser qu'en m'accroupissant sur ma planche. Au bout d'une heure, épuisée, je m'étais abritée dans une petite anse et avais attendu que la tempête passe.

99.

Ce matin, j'ai rendu visite à Marie. En deux semaines, son état de santé s'est dégradé, elle ne pèse plus que quarante kilos. Assise à sa table de cuisine, ses pieds pendaient dans le vide, comme si elle était retombée en enfance ou était déjà morte. De sa main décharnée, elle présentait deux morceaux de sucre au paon, qui les refusait. Elle levait sur moi des yeux caves d'où toute trace de vieillesse joyeuse et apaisée avait disparu.
— Je vais mourir avant l'étang, note-le, me disait-elle péniblement.

Je n'ai jamais rien retranscrit plus fidèlement que cette phrase.

— Tu as vu comme mon chien est beau, bleu et vert ? En plus, il est gentil, il aboie en silence. Seulement, il ne veut pas de mes sucres.
Parler la fatiguait, mais elle avait des choses à me confier qu'elle estimait essentielles.
— Mon tirage de cartes, c'était n'importe quoi, je ne sais pas les lire. Tu ne rencontreras pas l'Hermite du milieu des roseaux.

Jean les-pieds-dans-l'étang, voilà le nom que je donne à la neuvième lame du tarot de Marseille, et la mélancolie des moissons d'orge ne peut rien contre le rêve que je continue à faire de lui.

— Mais, Marie, je l'ai rencontré, il y a déjà quelques mois. Au milieu des roseaux, exactement comme tu l'avais prédit.
— Ah bon ? De quelle couleur sont ses yeux déjà ?
— Dorés.
Le soleil s'infiltrait par la porte entrouverte et gagnait peu à peu sur les tomettes, des taches jaunes dansaient sur le sol, grimpaient sur les mollets maigres et transparents de Marie.
— Des yeux comme ça ? me demandait-elle en montrant à grand-peine les ronds de lumière qui flottaient sur ses hématomes.

— Oui, des yeux comme ça.
— Ils doivent être drôlement beaux. Est-ce qu'on peut creuser dedans ?
— Pour y déterrer quoi ?
— Des genêts jaunes, des bugranes sans épines, des ophrys de la voie Aurélienne.
— Mais que ferais-tu de tout ça ?
— Pardi, un jardin...
Elle caressait la tête du paon.
— S'il te plaît, passe-moi le livre qui est sur le buffet.
Il s'agissait d'un inventaire des chauves-souris du marais.
— C'est mon ouvrage préféré, il y a plein de photos de chiens dedans.
Je tournais les pages pour elle. Devant la rondeur du murin à oreilles échancrées, elle s'émouvait :
— Oh, ce chien-là, on dirait un chaton...
Je lui désignais le grand rhinolophe.
— Et celui-là, tu en penses quoi ? lui demandais-je.
— Il doit mordre, non ? Je n'en veux pas chez moi.
— Ne t'inquiète pas, tu n'en auras pas.
— Je suis fatiguée, je voudrais dormir.
Je l'ai conduite jusqu'à sa chambre où je l'ai allongée dans le lit. Une panière était posée au sol, le paon s'y est roulé en boule. Marie a fermé les yeux, murmurant encore :
— Tu sais par où sont les sansouïres ? Promets-moi que tu m'y retrouveras un jour.

Elle a tendu un bras tremblant vers un jonc qui tenait tout seul contre le mur du fond.
— Si d'ici là tu t'es changée en âne, tu n'avanceras plus qu'à coups de badine. Alors, je t'offre ce roseau...
J'ai attendu qu'elle s'endorme pour partir, le jonc glissé sur la ligne de mes épaules.

100.

En passant devant l'élevage de canards, j'ai croisé Youssef, un oison dans les bras.
— Je vais le monter à Marie, c'est un joli petit chiot, pas vrai ? m'a-t-il dit.
Son sourire était d'une belle tristesse.

101.

Le 14 juillet, de retour de vacances, Jean était chez moi.

Les retrouvailles avaient été gauches, nous avions parlé de la pluie et du beau temps. À ses phrases toutes faites, je répondais par des paroles encore plus ordinaires.

Mais nos yeux ne mentaient pas, dans les siens toute la roselière, dans les miens tout l'étang, ce qui grouille de vie et s'ébat.

Nos mains d'abord, brûlantes et moites, nos bouches et nos langues ensuite.
Les mots dans la sueur et la salive : « T-shirt et culotte, c'est bien... »
Les doigts glissent sous le tissu.
Il a les cheveux trop courts pour que je m'y agrippe.
Mais je trouve d'autres prises, les replis de sa taille.
Naufragée cramponnée à la balise bâbord.
Sa peau bistre contre la mienne, tachée de blondeur et de soleil.
Les bassins qui s'entrechoquent.
Son poids.
Nos yeux qui se disent tout avant de se perdre.

102.

La vérité vraie, c'est que les petits chevaliers ont des pattes jaunes. La vérité vraie, c'est que Jean et moi avons couché ensemble et que c'était l'évidence même. Pourquoi alors avoir oublié l'acte, le plus partagé au monde et tellement facile à réaliser, cette chose si commune que parfois, on donnerait sa vie pour qu'elle arrive ?

Parce que Jean est parti, me laissant seule dans le noir, comme si je comptais pour rien.

103.

La vérité vraie, c'est que j'ai oublié ma nuit avec Jean parce qu'elle n'a pas révolutionné l'étang, parce que seulement trois sternes naines sont nées, parce que les aigrettes garzettes et les pélicans blancs n'ont pas besoin de nous pour s'établir dans les roseaux.

Parce que c'était facile.

104.

La chasse dans le marais a rouvert hier, j'espère que Stéphane ne tirera pas sur des espèces protégées. Mathieu voudrait que je passe la nuit dans l'une de ses huttes, persuadé que Stéphane n'a jamais sauvé aucun poussin tadorne de Belon.

— S'il s'en vante, c'est pour tous les phragmites des joncs qu'il a déjà tués et tuera encore. Un oiseau si joli, au gazouillis parfait pour un article d'ambiance. Allez, écris-moi ce papier !

Je crois que je préfère retourner aux joies collectives, aux fêtes votives, aux kermesses et aux crèches vivantes.

— Mathieu, s'il te plaît, redonne-moi la procession de la Saint-Pierre, le toro-piscine de la Saint-Léger.
— Oh, voilà que tu quittes enfin le stade néoprotérozoïque. Un jour prochain, je te l'annonce, tu marcheras sur deux jambes...
Je sais me porter sur une seule. Souvent, on me confond avec un flamant rose.

La pêche à l'anguille doit reprendre elle aussi. François n'a pas fini de ramender ses filets. Ce matin, je lui ai rendu visite à son cabanon, pour tenter d'obtenir une explication.
— C'était mon anniversaire la semaine dernière et je n'ai pas eu ma couronne de ruines de Rome.
— C'est vrai, tu ne l'as pas eue, m'a-t-il dit sans relever les yeux de ses verveux.

— Pourquoi ?
— Parce que cette année, ma fille, tu m'as trop enquiquiné.
— J'en aurai une l'année prochaine ?
— Va savoir...
Son aiguille lui a échappé des mains, elle a émis un étrange tintement en tombant au sol, comme une plainte, et j'ai feint de ne rien entendre de notre peine.
— Je voulais te dire, tu t'es trompé : s'envoyer en l'air, ça ne fait pas trembler le monde.

105.

Finalement, il a redressé la tête, son regard était sombre.
— Youssef a dû faire hospitaliser Marie.
Le quai a tourné doucement sous mes pieds.
— Mais... elle doit finir dans la sansouïre, sinon, je la perds à jamais, ai-je réussi à dire.
— Youssef et moi nous débrouillerons pour que la vase la boive et tu la retrouveras un jour.
— Alors, tu saigneras du mouron rouge ?
— Tu n'es pas la moitié d'une crâneuse, hein ?
— Pas la moitié...
— Ma fille, je pleure toutes les morts.

106.

Après avoir quitté François, j'ai longé l'étang. L'eau était transparente et j'ai aperçu une palourde qui s'enfouissait dans le limon. Quand je me suis penchée vers elle, sa coquille s'est ouverte et elle m'a craché au visage. Dans son jet, j'ai cru distinguer un : « Pauvre cloche ! »

J'ai aussi vu Babeth qui se baignait nue, elle m'a fait un grand signe de la main. Demain matin, j'irai nager avec elle. Peut-être nos peaux se frôleront-elles. Alors, nous nous laverons de toutes nos très hautes trahisons.

107.

L'automne s'installera.
Une forêt moussue et spongieuse se développera au fond de l'étang. Les algues porteront les couleurs chaudes des arbres du rivage. Les foulques macroules reviendront par centaines, elles se confondront avec les appelants que les chasseurs de gibier d'eau auront déposés le long de la roselière. Des papillons voletteront au ras de l'onde, rattrapés par des pipits maritimes dont le chant brisera la quiétude de l'anse. Et une méduse sortie de nulle part, pourtant toujours la même, n'en finira pas de dériver.

108.

Faut-il que j'entame un nouveau carnet ?

J'ai la première phrase : «Toutes les palourdes ne sont pas mortes.»

Peut-être aussi la dernière : «La vie passera, la mort trouvera son chemin. Quant à l'amour... bah !»

Je choisis Jean, Jean qui ne répond plus à mes messages.

Ce soir, la centrale hydroélectrique turbinera comme jamais, déversant dans la lagune des quantités d'eau douce canalisée depuis la grosse rivière.

Et cela voudra dire quelque chose.

ACHEVÉ D'IMPRIMER

Ainsi, j'ignore si je suis ou non faussaire,
si j'agis pour tromper la mort ou tromper la vie.

Imprimé en février 2023 par les imprimeries Corlet.
N° d'imprimeur : 23020509 – ISBN : 978-2-37055-351-5
Dépôt légal : mai 2023